もふ♥らぶ
～うちのオオカミは待てができない～

髙月まつり

contents

何森家と滝沢家は、最初は単なる「お隣さん」だったが、滝沢家が父一人子一人になってしまった頃に両家の関係が変わった。

「可燃ゴミと不燃ゴミを混ぜて可燃ゴミの日に出して、町内会役員に注意されていた」

「大雨が降っても洗濯物を外に出しっぱなしだった。布団も外に出ていた。ぐっしょり濡れてから慌ててしまっていた」「回覧板が信じられないほど遅く回ってきた」

最初は「注意は穏やかにしよう。そして、大変だろうけど頑張って」と見守っていた何森家だったが、滝沢父が子供の幼稚園のお迎えに来なかったことが引き金となった。

ぽつんと一人、マイクロバスの停留所に残されて途方に暮れていた息子は、買い物帰りに通りがかった何森夫妻に保護されて帰宅したのだ。何森夫妻はフォトグラファーという仕事柄、渡航も多く、思考は欧米寄りだった。

つまり、保護の必要な子供を決して一人にはしない。

半ば強引に「差し出がましいようですが、よかったら協力させてほしい」と、滝沢家を訪れたところ、涙と笑顔で歓迎された。滝沢父も限界だったのだ。

それがきっかけで、家族ぐるみの付き合いとなった。

持ちつ持たれつのいい関係は、何森家に子供が出来てからも変わらず、穏やかで楽しい毎日は、この先もずっと続くものと思われていた。

が。

「滝沢さん、本当にごめんなさい。まさかこの子が、日本に残ると言い出すとは思わなくて……。どうか、うちの形をよろしくお願いします。悪いことをしたら我が子のように叱ってやってください。私たちも頻繁に連絡します。時間を作って会いに来ます」

何森夫妻は、仕事の拠点を海外に移すために渡欧する。

最初は親子三人揃っての渡欧計画だったが、息子の形が断固として渡欧を拒み、結果、隣家の滝沢家に預けられることになった。

「形君のことは生まれる前から知ってますし、何より真千がいるので大丈夫ですよ。そちらも、いろいろと大変でしょうが頑張ってください」

玄関先で、何森夫妻を安心させるように笑う滝沢真隆の横で、中学二年生の真千が「形、おいで」と形に手招きする。

「まさゆきちゃん！」

お出かけセットの入ったリュックを背負った形が、勢いよく真千に抱きついた。

喜びすぎて、アッシュグレーの柔らかな癖っ毛から大きな耳が出て、尻からは同じ色のモフモフ尻尾が出て勢いよく振られている。

子供らしい丸みを帯びた頬に、大きな二重の目、小さな鼻と桜色の唇を持った形は、ただでさえ可愛らしいのに、大きな耳と尻尾まで持っている。完璧な存在だ。

真千は彼をぎゅっと抱き締めて、その柔らかな髪に顔を押しつけた。

形は、生まれたときから傍にいた七歳年上の真千が大好きで、とにかく彼と離れたくない一心で、渡欧を拒否し続けて勝利した。

「形、ほら、耳と尻尾が出てるわよ。小学生になったんだから、ちゃんとしなさい。バレたら大変なことになるのよ？　分かっているの？　形」

母に指摘されても、形はまったく気にしない。

「見られてもいいの！　おれはまさゆきちゃんとけっこんするからっ！　まさゆきちゃんが日本にいるから、おれは日本が好き！」

「まあ、この子ったら……」

これから暫くの間は両親と離ればなれだというのに、形は真千に抱っこしてもらってしがみつくことに夢中だ。

「何森さんも、正体がバレないように気を付けて。形君のことは、私と真千でしっかり面倒を見ます」

「はい、ありがとうございます……向こうの方が、同種の獣之人も多いし、バレることなく仕事も上手く行くと思います」

何森父は真隆としっかり握手を交わし、幼い息子の頭を優しく撫でて、妻を伴って滝沢家をあとにした。

「まさゆきちゃんは、おれがさびしくないように、おれといっしょにねるんだよ？」

今の今まで、両親に「ばいばい」と手を振っていた愛らしい子供が、真千の首に両腕を回して「やくそく」と言って頬にキスをする。

「いいよ。ずっと一緒に寝てやるよ」

「あと、けっこんして」

形は幼稚園で「好きな人とは結婚するものよ」と他の園児に言われて以来、ことあるごとに真千にプロポーズをしていた。

「その前に、ちゃんと耳と尻尾を引っ込めろ。知らない人間に見られたら大変なことになるぞ？　プロポーズは、それがちゃんとできるようになってからだ」

「……学校だとだいじょうぶなんだけどな、おれ」

形は、真千の首に鼻先を押しつけて甘えながら言う。

「あれだな。形は真千がいると安心して気が緩むのかな？　だが、結婚となると話は別だ。とりあえずいっぱいご飯を食べていっぱい寝て、真千より大きくなってからだ」

「まじで……！　りょうかいしました！」

真隆の言葉に、形は瞳を輝かせて何度も頷（うなず）く。

「父さん、そんな暢気なことを言ってる場合か？　形がどこかの医療機関や政府の極秘機関に捕まって実験動物にされたらどうすんだよ！　こんなに可愛いのにっ！　まだこんなに小さいのに！　俺は絶対に、むやみやたらと耳と尻尾を出さないように躾けるぞ！」

真千が真剣に自分のことを考えてくれるのが嬉しくて、形はキラキラと瞳を輝かせて

「まさゆきちゃん、けっこんして！」と再びプロポーズをした。

あの頃は小さくて、何も知らなくて、とにかく、「結婚」の言葉を出せばどうにかなると思っていた。

形はぼんやりと天井を見上げて、ぐっと伸びをしたあとに大きなあくびを一つする。

六畳ほどの部屋は、百八十一センチの長身でギリギリ寝られるサイズのベッドと、使い込まれた机とシールを剝がしたあとがあるクローゼットの他に、画材や美術関係の本が乱雑に置かれていた。

元は白かったのだろう、ペンキがところどころ剝がれてグレーになった壁には腰高窓があり、真千と二人で手作りしたチェックの短いカーテンが掛かっている。

淡いグレーのフローリングは、板にところどころささくれができていて、スリッパを履かないと怪我をする危険があった。実際、何度か足の裏に突き刺さって痛い目を見た。

天井からぶら下がっているステンドグラスのシェードは、中学一年生の夏休みの工作として形が真隆に習って初めて作ったもので、歪ながらも気に入っている。

床に敷いたラグと転がっているクッションは渡欧した両親が送ってくれたものだ。

自分の好きなもので満たされたこの小さな部屋は、形にとってとても居心地のいい空間となっている。

滝沢家で暮らして約十三年。

去年の八月に二十歳になって、つい最近成人式を迎えた。

仕事で渡欧している両親からは祝いの品として画材と美術書、そして『おめでとう。成人式の写真を見ました。立派に成長しましたね。成人したからには責任ある行動を』と長いメールが届いた。

写真を送った覚えはなかったのだが、真千が気を利かせて送ってくれたらしい。

「ほんと……俺は立派に成長したんだから、真千ちゃんは俺の嫁になれってての」

形がそう言って再び目を閉じた。

まだ起きるには早いし、こんな寒い朝はぬくぬくと二度寝するに限る。


「形、起きたか？　朝飯はパンにするか？　それとも……って、お前、耳！　さっさとしまえ！」

真千はノックもせずに形の部屋に入り、大きな声で言った。

滝沢家の家事を一手に引き受けているので、誰が何を食べたいのかしっかりと把握しておく必要があった。

　七歳年上の真千は二十七歳で、少し前まで、形に身長を越されたのが悔しかったが、今は「形の成長は喜んでやらないと」と己に言い聞かせている。

　低く唸りながら体を起こし形が、のんびりした態度で真千を見た。

「また高校のときの芋ジャー着てるの？　似合いすぎるよ真千ちゃん」

「そんなことはどうでもいい。耳！」

「え？」

「草原を駆け回る夢でも見てたのか？　耳が出てるし、尻尾は？　出てないか？」

　真千は後ろ手でドアを閉め、形のもとに慌てて駆け寄った。

「あー……ほんとだ」

　形が頭に手をやり、自分の大きな耳の感触を確かめる。そして尻に手を回して尻尾を引っ張り出した。どちらも冬なのでモフモフ度が高い。実に立派な耳と尻尾だ。

「触る？　いいモフ具合だよ、真千ちゃん」

　形が、二重の幅が広くて眠そうに見える目で真千を見た。

　子供の頃は天使のように可愛らしかった顔は、成長するにつれて端整になった。常に眠そうな目が逆に思慮深く見えるようで、それをクールだと言う女性からのアプローチが多い。バレンタインになると、周りが引くほどチョコレートやプレゼントをもらってきて、真千は毎年「ホワイトデーのお返し名簿」を作っている。

「ねえねえ、真千ちゃん」

「もう子供じゃないんだから、真千ちゃんではなく、真千さんと呼びなさい」

真千は困った顔で訂正し、ちらちらと形の尻尾に視線を向ける。

「ほれほれ」

太くて大きな尻尾を差し出された真千は、「ふおお」と呟いて両手で尻尾に触れた。

「ここんところ寒いから、本能で耳が出たって感じ」

「そうか。でも気を付けろよ？」

形はオオカミの血を引くケモノトで、ケモノトは漢字だと「獣之人」と書く。

形が生まれたときに、何森夫妻が自分たちのすべてを滝沢父子に語った。

獣之人と呼ばれる人々は世界中に散らばっていて、普通の人間に紛れて暮らしている。

寿命は人と変わらないが、運動能力が秀でていて、様々な才能を持ち、成功した者が多い。何森夫妻はフォトグラファーとして世界で活躍しているし、形は美術畑で才能を伸ばしている。

だからこそ、人の嫉妬を買いやすい。過去、妬みそねみであらぬ罪を着せられ、残酷な末路を迎えた者も少なくなかったという。そして現在も、災いの種として見られかねない立場にある。「獣之人」という存在が世間に知られたら世界中がパニックに陥るだろう。

彼らは正体を隠し独自のネットワークを作り、情報を共有しているのだそうだ。

滝沢父子はその話を信じた。なぜなら、赤ん坊の形には耳と尻尾があったし、何森夫妻は目の前でオオカミになるというリスクを冒したからだ。

「あなた方をずっと注意深く見てきました。隣家として関わり続けて、信じてくれると、このことを口外しない人間だと、信じることができました」と言われて嬉しかった。当時真千は七歳だったが、「赤ん坊の形は絶対に俺が守る」と心に誓うほど形は愛らしかった。

真隆に至っては「若い頃、遊学中に聞いたことがあります。伝説じゃなかったのか。出会えて嬉しいな」と、手放しで何森家に協力を申し出た。

滝沢真隆という人間は若い頃は世界を回り、見聞を広めながら絵を描き、それで成功したというのも大きかったのだろう。偏見がないだけでなく心にゆとりと好奇心がある。

「大丈夫。俺は誰かに見つかるようなヘマはしない」

形がピコピコと耳を動かしながら言った。

「それならいい」

「うん。……ねえ、真千さん。俺……もう少し布団の中でゴロゴロしてたい」

そう言って、形が真千の肩に額を擦りつけて甘えてくる。それだけではなく、カプカプと服の上から甘噛みしてきた。

乳歯から永久歯に生え替わるときも「むずむずする」「痒(かゆ)い」と言って、やたらと噛んできたが、あのときと違って痛くない。

「お前、最近は甘噛みばっかりだな。本気で噛みたいなら、ビーフジャーキーでも買ってくるか？」

「……………そうじゃない。今は真千さんを甘噛みしたい気分なの。暫く噛みたい」

「大学はどうするんだよ」

「今日は午後からだし」

そのまま形に肩を掴まれ、ひょいとベッドに上げられて寝転んだ。せっかく撫でていた尻尾が離れて「おい」と文句を言ったが無視される。

形が頭から布団を被って、二人きりの空間を作る。まるで「巣」だ。

「形、俺は仕事があるんだが」

「でも俺は昨日聞いてる。今日の真千さんは、取引先の都合で『ゆっくり出勤』だということを」

「なんだその倒置法」

真千は目を細めて小さく笑う。

「うん、なんとなく。だからさ、俺のこと甘やかしてよ」

「何が『だから』なんだよ。お前はまったく」

ぎゅっと、押さえつけるように抱き締められても嫌じゃない。むしろ気持ちがいい。これはきっと長年培ってきた関係のお陰だ。

七歳で両親と離ればなれになった形に、真千の庇護欲は多いに刺激された。

もともと真千は責任感が強かったので「しっかり育てなければ」と躾は厳しかったと思う。

耳や尻尾が出るたびに叱ったし、箸の持ち方やシャツのボタンの留め方、靴紐の結び方まで、形が覚えるまで何度も根気よく教えた。目に涙をいっぱい溜めて何度もやり直す形の姿が死ぬほど可愛かったなんて、わざわざ言ったりしないが、とにかく真千は「形は俺が育てた」と心の中で自負している。

だが厳しいだけでなく、それと同じだけ甘やかしている自覚もある。何か一つやり遂げたら、父に「大げさだ」と笑われるほど形を褒めた。好きな食べ物はなんでも作ってやった。一人で寝るのが嫌だと言ったら添い寝もした。

笑顔で「まさゆきちゃん」としがみついてくる形が、年の離れた弟のように可愛くて、その可愛い存在にオオカミの耳と尻尾が生えているのだから、これはもう悪だ。可愛すぎて悪の存在だ。真千が甘やかしても仕方がない。

それは形が成人しても変わらず、真千は今も彼を甘やかし続けている。

「チュウしていい？」

だから、こんなことを言われても、すぐに「だめだ」という言葉が出てこない。

形の唇が触れるだけのキスをしてくる。唇が少しかさついていたのか、舌で舐められた。

「こら」

「おはようの挨拶と同じ」

「……オオカミは犬科だから、いつも俺を舐めるのか？」

「うんそう。俺、真千さんを舐めたい」

甘ったれた声で言われて、まあ、舐めるぐらいならいいかと思う。子供が親に甘えるのと同じだ。猫なんかよく舐め合っている。

「分かったから、まず、その耳と尻尾をしまえ」

「あとでしまうから」

首筋に顔を埋めながら、太腿を撫でてくる。

性感帯を辿る絶妙な指の動きに、真千の体がビクンと震えた。

「真千さん、いい匂い」

「朝飯を作ってたからな」

「そうじゃなく」

するりと、形の指が動いて真千の体を弄っていく。太腿を優しく揉むように動かしながら、徐々に脚の付け根に移動させる。

「形」

「真千さんに触っちゃだめ？」

「いや、だめと言うか……」

抱きついてくるのはいつものことだし、唇を押しつけるだけのキスや、味見をするように舐めてくるのにも、すっかり慣れた。

ただ、最近、探るように体を撫で回され始めて、正直戸惑いを隠せない。

一度「そういうことは好きな人としなさい」と窘めたことがあったが、形に「俺は真千さんが好きだよ？」と真顔で返されてしまった。無邪気な目で見つめられて返答に窮した。

それ以来、この件には触れていない。

「真千さん、好き」

「お、おう……」

「好きだから、もう少し触らせて」

今まで真千に「結婚して！」としか言わなかった形に、初めて「好きだ」と言われたのは小学三年生の頃で、その頃は笑顔で「俺もだよー」と返事をして抱き締めてやった。

ようやく親愛の情を覚えてくれたのかと嬉しかったし、形も文句を言わなかった。

最初は形も、それで満足していたはずなのに、最近はそうじゃないようで、真千は少し困っている。

「ぼんやりしてないで、ちゃんと俺のこと考えてよ」

お前のことを考えてたんだよ、と言い返す前に唇を噛みしめた。形の指がまた、いい場所をかすめていく。

ジャージを、下に着ていたTシャツごとたくし上げられ、直に触られた。指先でへその周りを撫でられて、びっくりして腰を捩(よじ)る。

「真千さん、ここ、くすぐったい？」

「お、驚いただけだ……」

「じゃあ、ここは？」

脇腹から胸にかけて、いきなり指で逆撫でられた。

「っ！」

不覚にも感じてしまい、息が漏れる。

そういえば、一昨年彼女と別れてからセックスをしてなかったと思い出した。仕事の忙しさと形の大学受験が重なって、忙しいまま時が経っていた。自慰をするより睡眠がほしいと、気絶するように寝る日々が続いた。

最近はどうにか時間に余裕が出てきたが、それでも自分のことよりも生活能力のない父と、何かと甘えてくる形のために、自分のプライベートは無視しがちだ。

だから、こんな悪戯(いたずら)にも反応してしまうのだ。バカバカしい。形の前で醜態(しゅうたい)を晒(さら)さないよう、今夜からしっかり自慰をしておこうと真千は心に誓う。

形が楽しそうに真千の体を弄っていく。触れるか触れないかの繊細な指の動きが気持ちよくて、思わず仰け反った。

「もっといっぱい真千さんに触りたい」

「ばか、こら……そろそろ、放せ」

「やだ。真千さんは触り心地がいいから、まだ触っていたい」

これ以上触られたら冗談で済まなくなる。

なのにこの甘ったれは、「触りたい」と耳元に囁きながら、真千の下半身に指を這わせた。

「く……っ」

性器に触れないギリギリのところに指を置いて、脚の付け根を強弱を付けて何度もなぞる。いっそ、素直に刺激されればこちらも反応してしまった理由を作れるのだが、形の指はそれをさせてくれない。

真綿でじわじわと首を絞められるような緩慢な快感に、翻弄される。

「真千さんの体温が上がった。温かくて気持ちいいね」

返事をしたら変な声が出そうだったので口を噤んだ。それに、こんな無邪気なことを言う形が、性的に自分に触っているわけがない。

だから真千は、自分が感じてしまうのがいけないのだと思った。

「形、放しなさい」

「んー……まだやだ」

形の両手が今度は尻に回り、真千の尻をジャージの上から撫で回した。

「真千さんがちゃんと鍛えてるのが分かる～」

「太ると父さんが『体の形がだらしなくなった』って、すぐに指摘するからな」

「俺もそれ言われる。でも、自転車通学以外の何をすればいいんだか……」

「一緒に筋トレするか？」

「んー……自分の体に興味はあまりないんだけど」

「俺は、形の体に綺麗な筋肉がついたらいいなと思ってる。今のままだといずれ猫背になって、腹筋がたるんで下腹が出る」

「……真千さんは俺のヌードを見たいのか。だったら頑張る」

いや、俺が言いたいのはそうではなく……と言おうとしたところで、今度は力を入れて尻を揉まれた。

形の大きな手ですっぽりと包まれて、下から上へと筋肉を解すように揉まれていくうちに、吐息のような声が出る。

こいつ、揉むの上手い。凄く気持ちいい。ヤバい。これはちょっとヤバい。

しかも太腿に押し当てられた形の股間が、明らかに形を変えているのが分かる。

「力の加減、ちゃんとできてる？　痛くない？」

獣之人は普通の人間よりも身体能力が高い。だから聞いてきたのだろう。気を遣うのはそこじゃないのに。

「痛くないが、ちょっと、お前、勃ってる」

「んー……朝だから。生理現象みたいなやつ」

「人にやたらと押しつけていいものじゃないんだから、離れなさい」

「えー……こうしてると気持ちいいのに」

どうしてこの子は、平然とこんなことが言えるのか。夢精を経験したときは、泣きそうな顔で「俺病気？」と縋ってきたくせに。

あのときの形は本当に可愛くて、「自分が全部教えてやらなければ」という使命感に燃えてしまった。お陰で、後々とんでもなく恥ずかしい思いをすることになった。思い出すといたたまれない。

「俺とこうしてるときに、そんなことを言ったらだめだ」

獣之人の本能で動くのではなく、人としての理性を保つようになってほしい。真千は頭ごなしに形を怒らず、彼の背をそっと叩きながら「離れなさい」と言う。

「でも、真千さんも俺とベタベタできて嬉しいよね？」

くんくんと、子犬が甘えるように首筋に鼻を押しつけてくる。ちくしょう可愛い。逆にこっちの理性が揺らぐ。可愛くて泣き出しそうだ。だが形は、真千が「育てた子供」でもある。

子供の我儘(わがまま)に簡単に屈するわけにはいかない。

「俺は、起きる時間にちゃんと起きて朝飯を食ってくれる方が嬉しい」

「………そんなこと言うんだ。俺はもっと、真千さんとくっついていたい」

台詞は幼稚(ようち)で可愛いのに。ほんと、台詞だけなら。

「ベタベタするなら、起きてからもできるだろ？　ほら」

ぎゅっと抱き締め返して、頭を撫でてやる。子供の頃から変わらない柔らかな髪が掌(てのひら)に気持ちいい。

「じゃあ、キスして。そしたら起きる」

「はいはい」

頬にチュッと唇を押し当てると、「これはこれで嬉しいけど、違う～」と文句を言いながら、形が体を起こす。

今更股間を隠すようにモフモフ尻尾を前に持ってくるのが可愛い。

「おはよう、形」

「大人って、誤魔化(ごまか)すのが上手くて嫌になる」

「お前も大人の仲間入りをしてるんだがな」

体を起こして、形の頬を優しく撫でた。

「そういう触り方は危険だからやめて。というか、俺以外にしないでよ？」

「当たり前だ。なんで俺が、お前以外の男の頬を撫でる」

真顔で言ってやると、形が嬉しそうに目を細めて笑った。

「俺、顔を洗うついでにトイレでサッパリしてくる」

男の生理現象は仕方がない。

形が立ち上がった瞬間に尻尾は瞬く間に消えてなくなる。どういう仕組みで尻尾が消滅するのか分からないが、とにかく、綺麗さっぱり消えてなくなった。

頭を見ると耳も消えている。

「よし、ちゃんと消せたな。いい子だ」

真千はベッドから出ると、形の柔らかな髪を両手で掻き上げて保護者の口調で言った。

「俺、真千さんにいい子って言われるの好き」

「そのいい子が、元気な股間を隠しもせずに堂々としてるのは、どうかと思うぞ？」

恥じらいを知ってくれ。

真千はそう思った。

皿に載っているのはスクランブルエッグにボイルしたソーセージ。カリカリに焼いたベーコン。ザク切りレタスとキュウリ。一度「エッグベネディクトを食べたい」と父からリクエストされたことがあったが、真千は「朝っぱらから面倒なことができるか」と却下した。

籐の籠にはこんがり焼けたパン。その横にマーマレードの瓶とクリームチーズの入った容器、そしてバターが置かれる。そこに、コーヒーカップや牛乳の入ったグラスが置かれて、ダイニングテーブルに余分な隙間はなくなった。

「おはようございます……」

形の小学生からの友人で、今は同じ美大に通っている油井聡介が、ワンレングスの肩までの長い髪をヘアバンドで押さえ、あくびをしながらダイニングに現れた。

彼は滝沢家のアトリエを一室、格安で借りている。

「あー……聡介、もしかして昨日は泊まりだった？」

「うん。ノッちゃって、帰宅するの忘れてた」

形の問いに、聡介は彼の隣に座りながら答えた。

そして、真千が淹れてくれたコーヒーを飲んで一息つく。

「ありがとう、真千さん」

「こっちこそ、マイペースな形とずっと一緒にいてくれてありがたく思ってるよ」

「真顔で言われると、俺もどう返事をしていいか分かんないよ」

「それもそうか」

真千は聡介と顔を見合わせて笑い、その横で形が「二人してなんだよー」と文句を言う。

今一つ友人を作るのが下手な形が、生まれて初めて家に連れて来たのが聡介で、滝沢家とはそれ以来の長い付き合いとなっている。そして、形の正体を知っている唯一の友人だ。

そのあとに、滝沢家の主人もようやく食卓に着いた。

日本では知る人ぞ知る画家で、海外での方が遥(はる)かに人気がある滝沢真隆は、すれ違いの生活が続く中、妻に「私と絵とどっちが大事なのよ」と言われて、迷わず「絵だよ」と言って離婚された。思春期に母のいなくなった事実を伝えられた真千は、「それって性格の不一致？　生活環境をどうにかしようと思わなかったのか？　つまり……どっちも悪いってことでは？」という結論に至ったが、父には今も言っていない。

「おはよう。今日は暖かいね～」

真隆は形の向かいに腰を下ろし、真千が淹れたコーヒーを飲む。

「バターを使うなら、パンが冷めないうちにしろよ？　そっちはベーグル。手前のがブリオッシュな？　あと、ほら温かいスープ」

インスタントのカップスープでも、パセリを刻んでドライオニオンとクルトンをトッピングするだけで味は一段とよくなる。

真千は人数分のカップスープを用意して、自分もようやく席に着いた。

「……そうだ。ねえ、そろそろモデルをやってよ、真千さん」

パンにたっぷりとマーマレードを載せながら、形が瞳を輝かせる。

「今は忙しいからだめだ。会堂（かいどう）さんがニューヨークから帰ってきてからなら、時間が取れるかも」

真千は職場の上司の名を出して断った。

「えー……」

しょんぼりする形に、真隆が「俺なんか『しばらくは無理』って言われたんだから、それに比べれば」と慰める。

「俺も一度、真千さんをモデルにしてみたいな」

聡介までもが熱い視線で真千を見た。

「あのな、言っておくけど俺は素人だからな？　長い間黙って座ってることも出来ないし、ポーズも取れないぞ？　休憩取りまくりだぞ？」

真千は呆（あき）れ顔で言ってから、ベーグルにマーマレードを塗って囓（かじ）りつく。

「でも、真隆さんは真千さんをモデルにして何枚も描いてるよね？　だったら、将来の婿である俺だって……」

確かに真隆は、息子をモデルにして何枚も描いており、賞も取っている。特に有名なのが、ソファに居眠りしていた真千をモデルにして描いた「ハムレットの葬送」だ。絵画が有名になって、様々な評論家が思いの丈をぶつける評論を読むたびに、「俺は居眠りしてただけなんだけどな」と複雑な心境になった。

その絵画は、今は海外の真隆ファンの手に渡っている。

「今すぐ時間を取ってよ！　俺は真千さんを描きたいー」

「そのうちな」

「いやだから、そのうちはいつなのか、今のうちに決めておこうよ」

予定をデジタルに残そうと、形がスマートフォンを掴んだ。

「だからあとで。聞き分けの悪い子は嫌いだよ」

最終通告を受けては、形は口を閉ざすしかなかった。


「俺は仕事に行くから、あと片づけは頼んだ」

一般的なサラリーマンより朝はだいぶゆっくりだが、それでも、午後から講義がある学生ほどは時間に余裕はない。

身支度を調えて、玄関脇の姿見に自分のスーツ姿を映して最終確認をする。

だらしなく見えないよう、髪は短めに整えている。サッパリした容姿は、「爽やかだ」と顧客や職場のスタッフの受けがいい。ただ、いつも実年齢よりも若く見られるのが悩みの種だ。この間、形と二人で洋服を買いに行ったときに、ショップの店員に大学の友人と間違えられた。以来、少し気にしている。気にしているから何か対策を講じている、というわけではないが、少し気にしている。

真千はじっと鏡の中の自分を見て、おもむろに前髪を掻き上げ、額の見える髪形にする。オールバックにすれば年相応に見えるかと思ったが、逆に幼く見えてしかめっ面をした。

「……いつも通りが一番ってところか。よし、これでいい」

前髪を整えてスリッパを脱いで革靴に履き替えたところで、形が駆け寄ってきた。

慌てているのか、口の端やシャツにパン屑が付いている。

まったく、成人式を迎えたっていうのに、どうしてこうも子供っぽいんだ、この子は。

けれどそれがどうしようもなく可愛いのだと、真千は目を細めて微笑む。

「真千さん、行ってらっしゃい」

「ちょっと待ちなさい」

真千は、キス待ちしている形の口元に付いたパン屑を親指でそっと拭った。

「よし、いいぞ」

「はぁい」

そして真千は、頬に行ってらっしゃいのキスをもらう。

初出社のときに「事故に遭(あ)いませんように」と言いながらキスをしてくれたことが今でも続いているのだが、高校生の形がキスをするときに照れて耳と尻尾を出し、尻尾をはち切れんばかりに振り回す姿は、思わず目頭を押さえるほど愛らしくて、そして可愛かった。

今はすっかり慣れたらしく、耳も尻尾も出てこない。それは喜ばしいことだが、少し寂しくもある。

「行ってきます。ちゃんと片づけてから、大学に行けよ？」

もふ、と、柔らかな癖っ毛を右手で掻き混ぜながら言ってやると、形は笑顔で「分かってる」と言った。

「あと、父さんに『先生、納期をお忘れなく』と言っておいてくれ」

「了解！」

元気のいい返事とともに、形の頭からにゅっとオオカミ耳が生えた。

真千はまじまじと形の顔を見つめ、「耳をしまえよ」と言って彼のオオカミ耳をふにふにと触ってから家を出た。

「相変わらずだな、お前。真千さん大好きすぎる」

朝食後。

食器を片づけてからアトリエで絵の具の整理をしながら、聡介が笑う。

「そうだよ。大好きだぞ。大好きすぎてヤバいくらい」

「でも、本気の愛は伝わってない」

「ほんとだよ。なんでだ。俺と真千さんって幼馴染みなんだけど。幼馴染みって、もっともグッとくるシチュエーションカップルの一つなんだけど」

形は掃除の終わった床に胡座（あぐら）をかき、「ノッちゃって」と言っていた友人の描きかけの絵を見上げた。

自分の描くものとはまったくタイプが違う、本当に透（す）けそうな、まるでガラスに描いているような透明感があって、写実的なところがたまらなく好きな絵だ。

「幼馴染みと言うより、年の離れた弟……としか思われてないよな。でも、兄弟で行ってらっしゃいのチュウはしないから、お前らの距離感がよく分からないよ。ほんと昔からそう思ってたけど、お前と真千さんの距離感って、いろいろと間違ってる」

聡介が、見えづらいものを見るように眉間に皺（しわ）を寄せ、目を細めてこっちを見る。

「なんだよ」

「実の父親とだって、温泉でもなければいい年をした息子と一緒に風呂に入らないし」

「俺と真千さんが一緒に風呂に入ってたのは、俺が十三歳の春までだ。それ以降は、なんと言うか照れが出て無理だった」

「それ、ない」

「……あのときの俺に照れさえなかったら、今ごろは絶対にいい関係になっていたのに」

「真千さんを犯罪者にする気だったのか？　あんないい人を」

　聡介が「二十歳と十三歳だ。淫行だろ」と真顔になった。

「愛あるし。淫行じゃないし。……今は、どこまでやれば真千さんが怒るか試すしかない。今のところ、まだ窘められる程度で、本気で怒られてはいない」

「それ、威張ることじゃないからな？」

「分かってる。……距離感より、どうでもいいから俺を恋愛対象として意識してほしい。多分、スイッチなんだ。俺を意識するスイッチさえオンにすれば……」

　そうは言うものの、真千のどこにそのスイッチがあるのか、まだ分からない。

「だったら一度、真千さんから離れてみれば？　そうすればあの人も『俺は形が好きだったのか』って気づくかも。ほら、歌のフレーズとかに使われるじゃないか。失ってから気づく相手の大事さって」

　のんびりとした口調で提案する聡介の前で、形が両手で顔を覆って項垂れた。

「え？」

「それは……俺が我慢できないからだめ。真千さんの存在しない場所で生きていくのは無理だ。毎朝起こしてもらわないと起きられないし。おはようのチュウも行ってらっしゃいのチュウもないなんて、俺に死ねと？」

真顔で言い返したら、「目が怖い」と言われた。

「こんなに顔のいい男に何を言うかー」

「お前の目の色、珍しい琥珀色だろ」

「それがなんだ。女子みたいなこと言うな。ウザい」

形は鼻に皺を寄せて言い返す。

「その目」と、聡介が形の目を指さした。

「それ、海外だと『狼の目』って言われてるんだって。この前ネットで見た。だから、形に睨まれると迫力があるんだな。耳と尻尾はモフモフで可愛いのに」

聡介が「それでもトータルで可愛いからいいか」と付け足す。

「俺、本物のオオカミになったことはないんだけどな」

トータルでにはちょっと笑ったが、形は「もっと獣をアピールすればいけるんじゃないか？」と考えてゆっくり頷いた。

ギャラリー・駿(しゅん)は、高級ブティックが悠然と並ぶ、都心のビルの五階フロアにある。国内よりも海外で人気のある作家と契約しているため、顧客は欧米人が多い。中には日本人エージェントもいるが、顧客の七割は海外にいる。

真千はここで、ギャラリストの一人として働いている。

コレクター向けに展示会を企画したり、新たな才能を発掘したり、顧客との打ち合わせをしたり、などなど、忙しい日々を送っていた。若いながらも審美眼は折り紙付きで、何を購入するにもまず真千に相談をしてから……というコレクターも少なくない。

真千の父・真隆が、ギャラリー・駿と契約している人気画家だと知っているのは、オーナーの会堂駿だけだ。会堂は真隆の大学時代の後輩で仲も良く、幼い頃から真千を知っているというのもあって、よからぬことを言ってくる輩(やから)が出てこないようにという配慮があった。

「内装デザイナーの磯(いそ)さんに会って来たんだが、会議は会堂さんの帰国に合わせてくれるそうだ。会議の場所は任されてきたから、スタッフが全員揃う午後に検討しよう」

真千は集まった担当スタッフたちに伝える。

今回の企画はギャラリー・駿のオーナー会堂駿と合同のもので、会堂が出張している間、真千は日本で動いていた。

「あーれー？　滝沢がいる！　こんにちは。今日はゆっくりだね？　よかったら一緒にお昼でもどうかな？」

いきなり声をかけられて振り返ると、そこには自信に満ち溢(あふ)れた男らしい美形がいた。

「荒柴(あらしば)か」

オーソドックスなスーツは一目で上質なものだと分かったし、綺麗に磨かれた靴は、顧客にもファンの多い老舗靴店の黒のフルブローグだ。

真千は持って生まれた才能のお陰で、視界に入ったものにどれだけの価値があるのかすぐに分かった。

ブランドに興味はなかったが、この仕事をする以上は覚えておかなければということで、必死に学習した。顧客には当たり前のようにハイブランドを身に着ける者が多いと知ったからだ。

その結果、自宅にも高価なものがたくさんあることを知って仰天(ぎょうてん)した。

まさか、形がバカラのグラスで筆を洗っているとは思わなかったし、父がよく床に落としているメガネがイタリアの老舗メーカーのものとは知らなかった。ついでに、特売のソーセージをボイルして載せている大皿は、実は一枚五万円もする皿だったことが発覚した。

たしかに、グラスも皿も「いいもの」だというのは分かっていた。だが真千は、ブランド名まで気にしたことはなかったのだ。名を知ったからといって、今まで当たり前のように家にあったものを、今更崇め奉ることは出来ない。

だから形は今でもバカラのグラスで筆を洗うし、五万円の皿には特売のソーセージが載る。

「相変わらずいい趣味だな。その細身のスラックスが似合ってる」

とりあえず、会ったら着ているものを褒めてやる。そうしないとこの男は面倒臭い拗ね方をするのだと、真千はよく分かっていた。

「この間、衝動買いをしてしまったんだ。微調整に時間は取られたが、まさに、俺のためのスーツだった」

「なるほど。で？　今日はどうしたんだ？　わざわざギャラリーに来るなんて」

「気が向いたから作品を持って来たんだ。あと、今日は良い天気だろ？　太陽の光が気持ちよくて……」

「たしかに布団を干すには最高の天気だが、だからといってわざわざここまで来なくてもよかったんだ。作品に傷がついたらどうする。勿体ない」

「ここに来ればお前と会えるから。だから来たんだよ」

荒柴協司は真千の大学時代の友人で、今はギャラリー・駿と契約している作家の一人だ。

真千は大勢いる学友の一人、ぐらいにしか思っていなかったが、彼にとっては違っていたらしい。荒柴は、真千がここに勤めていると知った途端、それまで「別にそちらのギャラリーでなくとも」と気乗りしていなかった契約書に即座にサインをした。

「お前の担当は俺じゃないぞ」

「知ってる。だが大学時代の友人だ。一緒に昼食を取るぐらいは許されるだろう？」

荒柴の、瞬きの少ない目で見つめられると、妙に落ち着かない。

真千は視線を逸らし、「まあ、それぐらいなら構わないが」と返事をする。

「よかった」

いきなり、荒柴の両手が右手を包んだ。

「また、大げさな態度だな。お前、体温が低いんだから触るなよ。冷たい」

「うん、俺、ちょっと冷え性かも」

「男にも冷え性ってあるのか。大変だな」

「滝沢は体温が高くて気持ちいいな。もう暫くこうして手を握っていてもいいか？」

「俺は構わないが、周りの顧客が驚いているぞ？」

平然とした態度を崩さない真千を見て、密かに耳を欹てていたスタッフたちが、「荒柴さんの気持ちが伝わってない」「さすがは鈍感帝王の滝沢さん」「それにめげない荒柴さんを応援したい」「えー、私はそれはちょっと」などと囁き合う。

「周りの人間が騒いでも、俺は滝沢一筋だから」

「だから俺は、お前の担当じゃないと言ってるじゃないか」

真千の担当は父である滝沢真隆と、形だ。形に関しては真千が自らスカウトした。実は形の友人である聡介も、近々スカウトしようと考えていた。

「……………まあいいや。飯行こう飯。どこで食べる？」

そのままギャラリーの出入り口に向かう荒柴に、真千は「手を放せ。みっともない」と小声で文句を言う。

「えー」

「まず、自分の担当ギャラリストに挨拶をしてこい。担当は雨衣(うい)さんだろ？　出かけるのはそれからだ、荒柴先生」

「雨衣さん、保管庫からまだ戻って来てないんだけど……」

真千の正論に、荒柴は「連絡してくる」と低く呻(うめ)き、スマートフォンを右手にギャラリーの外に出た。


大通り沿いにある、「ふわとろパンケーキ」が女性に人気のカフェの前に立つ。

大層洒落た外見なのは知っていたが、照れや恥ずかしさが先に立ち、真千はこの店の前で足を止めたことはなかった。

「本当にここに入るのか？」

ガラス張りの店内には女性しか存在しない。「ふわとろパンケーキ」には大変興味があるが、スーツを着た図体のでかい男が二人で入って場の雰囲気を壊したりしないだろうかと、真千はそれが心配だった。

「店長が知り合いで、席を取ってもらえたからね」

「あー……」

そういえばこの男は、昔からずいぶんと手回しがよかった。

ゼミの飲み会でいかんなく発揮されたその手腕は今も健在ということか。

案内されたのは店内ではなく、通りからよく見えるテラス席で、自分たちの他は外国人客が二組ほどいた。

一月とはいえ今日はずいぶん暖かいから、外でのランチは気持ちがいい。女性なら冬でも紫外線を気にするところだが、こちとら男なので日光を堪能する。

空は青く高く、雲一つない良い天気だ。

真千は、父に頼んで布団を干してもらえばよかったと今更思った。

「で？　何を頼む？　二人だから、違う味を選んでシェアするってのはどう？」

「いいなそれ。俺はこの、リコッタチーズが入ったパンケーキがいい。トッピングは蜂蜜とベーコン。あと、ソーセージもいいな。サラダも付ける」

真千は一番人気と書かれたメニューを選ぶ。

「そしたら俺は、こっちのヨーグルトが入ったヤツで、生クリームと自家製マーマレードが載ってるヤツにするわ」

荒柴のチョイスに、真千は「いいなそれ」と頷く。

飲み物はポットに入った温かい紅茶を頼んだ。

出来上がるまでに二十分ほどかかると言われたが、旨いと評判なら出来上がりを待つのも楽しい。

二人は足を組んで椅子に凭れるように座り、日向ぼっこをしながら紅茶を飲む。

しばらくは無言で日光を浴びていたが、ふと、テラス席の客たちがみな容姿が整っていることに気づいた。

「なあ荒柴。俺たちがこの席っていうのは、多分、わざとだよな？」

「あ、うん。滝沢も分かった？　向こうに座ってる外国人カップルも同じ理由だと思うんだよね。店長は美しいものが好きだから、こうしてテラス席を飾るんだよ」

「なんで俺まで飾られるんだ。大したことない、地味な男なのに。男性客を呼び込むためか？　それなら分かるが……」

呆れるが紅茶は旨い。

真千は「お前が花で俺が観葉植物な」と荒柴を指さして小さく笑った。

「……なんで滝沢は自分のルックスを過小評価するんだろうね。俺はビックリだよ」

「ブサイクではないが美しくもない。それでいい。可愛いとか綺麗っていうのは、うちの形みたいな子を言うんだよ」

そう言ったところで、ようやくパンケーキが到着した。

紅茶のおかわりは店長の奢り（おご）りだというので、遠慮なく戴く（いただ）く。

真千は「まだ食べるなよ」と言ってスマートフォンを出し、真剣な表情で様々な角度から二種類のパンケーキの写真を撮った。

「よし、いいぞ。分けよう」

「女子かよ。SNSに投稿か？」

「いや。旨かったら、次は形を連れて来てやろうかと思って」

「いつもお前にくっついてた、あの、番犬みたいな子供？」

荒柴は二種類のパンケーキを正確に切り分け、自分の分を取り皿に盛る。

「あんな可愛らしい番犬がいるか。……お、サンキュ。この生クリームは大量すぎて凶悪だな。蜂蜜も凶悪だ。パンケーキが浸かってる。ヤバい」

とりあえず一口。

蜂蜜が浸み渡ったパンケーキは、口の中でとろけた。鼻に抜ける上品な甘い香りが、食べた人間を幸せの空間へと運んでいく。そこで、ベーコンを一口囓ると、甘味と塩気の無限ハーモニー。

荒柴も「ヤバ、このマーマレード。旨い。泣ける」と言って仰け反った。

「今度、形を連れてこよう。あいつ絶対に喜ぶわ、この味」

「俺は、あの子にいい思い出ないんですけど。滝沢先生の特別教室が終わったあと、打ち上げやったじゃないか。あのとき、俺、ずっと睨まれてたんだよ、あの子犬に」

打ち上げは自宅の、真隆の使っていない広めのアトリエで行われた。教室に通い詰めていた学生たちは二十名だったが、打ち上げは教室の募集人数をはるかに上回る応募があったそうだ。教室に入れなかった学生たちが、「最後ぐらい先生と話をさせてくれ」と押し寄せて、大変だったのを覚えている。真千は、学生たちが勝手に他の部屋に入らないよう鍵をかけて回ったり、「ご近所に迷惑だから静かにしろ」と注意してばかりで、打ち上げを楽しめた記憶はない。

ただ、形がずっと傍にいて「唐揚げ美味しいよ」「真千ちゃんも少し休もう？」と言っていた。

「そりゃあ、勝手に人の部屋を覗こうとした学生がいれば、睨みもするだろ。それに、形に向かって『可愛い』だの『モデルにしたい』だの、好き勝手言いながら手を伸ばそうとしたくせに。いやらしい」

「お前の部屋に入ろうとしたことは認めますが、それ以外のことは俺じゃないです―。そもそも、あんな怖い子供をモデルになんてできるかよ。今、幾つだっけ？」

「去年の夏に二十歳になって、こないだ成人式を済ませた。図体ばかりデカくて甘ったれだよ。ほんと、いつまで俺に世話をかけさせるんだか」

「何喜んでんの？　滝沢の目の前にいるのは俺なんだけど」

「は？　誰が喜んでるって？　……このマーマレード旨いな。売ってないのかな」

形に食べさせてやったらきっと喜ぶだろう。

真千は、荒柴が機嫌を損ねているのにも気づかずに、ふわとろパンケーキを忙しなく口に運んだ。


奢られるつもりはまったくなかったが、荒柴が二人分の代金を払った。レジ前で「自分の分は自分で払う」と揉めるのはスマートではないので、ここはひとまず「ありがとう」と礼を言う。真千はあとできっちり半額返そうと心に誓った。

「これぐらいでお前の笑顔が見られれば安いもんだ。今度、また先生に会いに行くから、そのときは手料理をご馳走してくれよ」

「それは構わないが、大した料理は作れないぞ？」

「滝沢が俺のために作ってくれるっていうのが嬉しいんだよ」

「よく言うよ。来る前にはちゃんと連絡しろよ？　こっちにも都合ってものがある」

「ああ。……それとさ、春になったら桜を見にドライブにでも行こう。たまには、絵画の花じゃなく生の花を見るのもいいだろ？」

ずいぶん面白いことを言う。

真千は「そうだな、形も連れて行く」と返事をしたら、もの凄く変な顔をされた。

だが理由を聞く時間は残されていない。いくら契約している作家と一緒だとしても、ランチに何時間使うんだとスタッフから小言を言われてしまう。もう戻らなければ。

真千は財布を取り出して、荒柴の掌にきっちり半額載せる。

「自分じゃ入らない店に連れて行ってくれてありがとう。じゃあ、またな」

「ああ」

荒柴が変な顔のままなので、「なんだよ」と聞いたら、「なんでもない」と素っ気ない返事が返ってきた。

「……今年の一会展、どうすんの？　形」

形は聡介に聞かれて「んー」と曖昧な返事をする。

夏に開催される一会展は、学生や二十代から三十代前半の若手をメインとした美術展覧会で、形は去年、絵画部門で特賞を取っている。

大した賞金は出ないが、履歴書には箔が付くし、人の目にも留まりやすい。在学中に画廊からスカウトされる者もいる。現に形は真千にスカウトされ、ギャラリー・駿と契約した。

真千曰く「お前の才能は分かってる。賞を取るのを待ってた」そうだ。

「先生は、出品しなくていいって言ってた。まあ、そうだよな」

暢気に言う形の横で、聡介がため息をつく。

「俺は逆に出せと言われた。多分、お前んとこの先生と話し合ったんじゃないかな。しかし、装丁どうしよう」

「じゃあ、俺が装丁をしてやろうか？　今年は造形部門に出品しようと思ってる」

形は最近、粘土を捏ねたり彫刻に挑んでいる。師事している教授が「いろいろやってみなさい」と言ったのでその通りにしているのだが、これがなかなか面白かった。

「お前、そっちにも才能を発揮したら、嫉妬で死んじゃう学生が山ほど出てくるぞ」

「俺が一番したいのは絵を描くことだから……なんて、別のことをしながら言っちゃだめなんだよな」

「そーそー。余計な波風は立ててるな」

「はぁい」

形は甘ったれた声で返事をすると、コーヒーの入った紙コップを両手で包むように持って、だらりと両脚を伸ばし「美術史が辛い」と呟く。

「必修だろそれ。一般教養が終わっただけでも、よしとしよう」

聡介も眠そうな顔でため息をついた。

午後の、大学のカフェテリアは騒がしいが、こんな風にだらしない格好でコーヒーを飲んでも注目されないので気が楽だ。

「また近いうちに滝沢先生のアトリエに寄るわ。晩飯とか、気を遣わなくていいから」

大学のアトリエは夜間も使用できるが、それでも午後十時には施錠される。集中して作品に取り組みたい聡介は、滝沢家の空いている部屋をアトリエとして借りていた。

「いやいや、それは真千さんが飯食え、風呂入れ、ベッドで寝ろって怒るって」

「そっかー」

「いっそ、うちに下宿すれば？　部屋は空いてるし、いい先生はいるし」

「アトリエを借りてることさえ秘密なのに、下宿してるなんて知られたら、滝沢先生ファンに殺される」

「そしたら俺は、聡介の死体で九相図を描く」

「抽象画の九相図って凄そうだな」

「ポップに描ける気がする」

形は右手の指を筆代わりに動かして、「こんなん？」と描く真似をした。

そこへ、同じ講義を取っている学生たちが集まってきた。

「何々？　書き初め？　それとも日本画に目覚めたとか？」「何森君と油井君は、一会展の作品決めた？」などと言いながら、椅子を持ってきて適当に座る。

形は「うるさい連中が来やがった」と笑う。それには「酷いわそれ」「せっかく顔を見に来たのに」と突っ込みを入れられた。

「一会展は、まだ決めてない。そのうちどうにかする」

形がそう答えると、数名の女子たちが「去年特賞取ったんだから今年はやめて」と可愛らしい声できついことを言うが、形は「いや、出す。絶対に出品する」とわざと言い返した。

男子たちは「あ、この野郎は今年も特賞を取る気か？　図々しい」「それは俺がもらう」「だったら私は金賞を取る」と喧嘩腰だ。しかし本気で言っていないのが緩い表情で分かった。

集まっている学生たちは、みな元気で前向きで、しかもパワーがある。形はその中にいると気持ちがよかった。

「自分なんか」と己を卑下したり卑屈になる者は、どうにも好きになれない。

「そういえば、大学通りに新しいパン屋さんができたの知ってる？　凄く美味しいんだって！　早く買いに行かないと午後には売り切れることもあるって噂は本当でした……」

話を振った女子は、「残念！」と付け足して笑う。

「それ、多分……今朝食べた。聡介が買ってきてくれたヤツ。めちゃくちゃ旨かったな」

「あれか！　俺が真千さんに渡したパンのことか？　そういや旨かったな、あのパン」

二人は顔を見合わせて今朝の朝食を思い出す。

それに周りの学生たちが「お前らが旨いって言うなら本当に旨いんだな」と騒ぎ出した。

何か、自分たちの知らないところでえらく信用されているのが照れくさい。形は眠そうな顔で「また食べたい」と言い、聡介は「早起きしろ」と突っ込みを入れる。

「早起きかー」と苦悩の表情を浮かべる男子には、聡介が「モーニングコールしてやるよ」と笑った。

一通り騒いで満足したようで、集まっていた連中が「そんじゃ俺は、次のコマ取ってるから」「あ、俺もだ」と、一人また一人と離れていく。

他の学生も「レポートやらなくちゃ」「資料探しに行かないと」「何森君、今度ご飯食べに行こうね！」と言いながらカフェから出て行った。

「あいつら、なんだったんだ」

形の呟きに、聡介が「お前がいると、自然に群れができるよな」と言った。

「……ああ、オオカミだけに？」

「そんな感じ」

「俺がリーダーで、妻は真千さん」

「ブレないな、そこは」

「当然だろ」

そう言ったら、聡介に「お前の世界の中心は真千さんだな」と言われる。

何を当たり前のことを言っているんだ、こいつは。


帰宅した真千を玄関で待っていたのは、タブレットを持ったまま何かに驚く父だった。

挙動不審で心臓に悪い。

「いやちょっと、どうなると思う？　それにしても……いきなりだな！　いや、会えるのは嬉しいけど！」

「父さん、落ち着いて。何が起きたんだ？」

真千は靴を脱いでスリッパに履き替え、父を宥めながらリビングに向かう。

「何森夫妻から、一時帰国すると連絡があってな！」

「え！　だったら形に、成人式で着たスーツを着せて出迎えさせよう」

「メールの内容からすると、重大な用事があるらしい。サプライズ的な何かだと思う。詳しくは当日のお楽しみと書かれていた」

「じゃあ、形には内緒？」

「すっかり聞こえてるけど！　お帰りなさい、真千さん！　ただいまのチュウ、俺にして！」

獣之人の形は、身体能力がずば抜けているだけでなく耳もいいのを忘れていた。

「はいはい」

真千は自分に向けられた形の頬に唇を押しつけて「ただいま」と言った。これも毎日のルーティンで、父の前でも羞恥はない。

だが、いつもなら抱きついてくるはずなのに、今日は後退ったので首を傾げた。

「おい、形。どうした？」

「しかし！　父さんと母さんが帰国するってマジか！　最後に会ったのいつだっけ？」

真千の問いかけに被せるように、形が大きな声を出す。その拍子に頭にオオカミ耳が生えた。モフモフの尻尾もユラユラ揺れている。

「……高校の入学式だな」

「さすがは真千さん。俺のことをよく分かってる」

「まあな。だからといって耳と尻尾を出していいとは言ってない」

「満月が近いから。家の中で気が抜けると、すぐに耳と尻尾が出る」

その言葉に、真千は「あ、それか」と真顔になった。

満月になるたびに形は妙に浮かれてやたらと元気になる。だが過去に、酷く体調を崩したり、感情の起伏が激しくなってどうしようもない状態に陥ったことがある。

「今回は？　どんな感じだ？　体の調子は？」

「いつもの満月と同じだ。浮かれて耳や尻尾が出るぐらい。真千さんは心配しなくていい」

「だったらいいが、苦しくなったら言えよ？」

「うん、ありがとう」

照れくさそうに微笑む形が可愛い。だが彼の微笑みは瞬く間に強ばった。

「……と言うかさ、俺の鼻がいいのを真千さん知ってるよね？　なんであの男の匂いを付けっぱなしで帰宅したの？　あと、なんか美味しそうな甘い匂いもする！　俺、あいつ嫌いなんだけど！　どこで会ったの？　危ないから二人きりで会わないで。俺を連れて行って！」

発達した犬歯を見せてもの凄い剣幕で怒る形に、真隆は肩を竦めて退散し、真千は渋い表情を浮かべた。

「キスだけで抱きついてこなかったのはそれが理由か？」

「それ以外の何があるんだよ」

「荒柴の匂いか。くっついていたわけじゃないのによく分かったな。あいつとは一緒に昼飯を食べただけだ。ほらこれ。旨かったから、今度は形と二人で行こうと思って写真をいっぱい撮ったんだ」

真千は笑顔で、スマートフォンのギャラリーを形に見せる。

ギャラリーと真千の顔を交互に見て、形はようやく納得したようだ。

「ほんとだ……美味しそうなパンケーキ……。俺も真千さんと食べに行きたい。うん、もう荒柴の匂いなんてどうでもいいや」

「年上だし、先輩画家でもあるんだから、荒柴さんと呼びなさい」

「俺、あいつ嫌い。水臭い」

「は？」

何をもって荒柴を水臭いと言うのだろう。真千の知る限り、会話らしい会話を交わしたこともないのに。同じギャラリーと契約している者同士、自分の知らないところで会っていたりするのだろうか。いやまさか。

真千は頭の中で、荒柴と形の接点を一生懸命探る。

「あの、もしかして真千さん、何か勘違いしてる？」

「え？」

「俺、あいつと仲良くないから。ギャラリーの新年会でも忘年会でも、俺はずっと真千さんにくっついて、誰かと長話する時間なんてなかった」

「ああ、うん。他の先生方が『鴨の親子か』と笑っていたな」

「水臭いって言ったのは、言葉のまんま。あいつの、冷たく湿ったハ虫類の匂いが嫌い。ほんと臭い」

荒柴は己の外見や印象に気を遣う男だ。臭いと思ったことは一度もない。ただ形はオオカミの獣之人なので、自分には嗅ぎ分けられない匂いに反応しているのかもしれなかった。

だが、その言い方はよくない。体臭はデリケートな問題だ。

「お前の気持ちも分からなくはないが、『臭い』は改めろ」

「分かった。でも嫌いなものは嫌いだ」

むっとした顔も、苛立ってひょこひょこと向きを変える大きな耳も可愛いが、躾は躾。

真千は形を正さなければならない。

「だから、口に出すな」

「…………はい」

オオカミ耳を後ろに反らし、大きな尻尾をしゅんと垂れ下げて、形が反省してますのポーズを見せる。

「よし、いい子だ。今夜はカレーだから楽しみにしてろ」

真千は大型犬の首を撫でるように、形の頭を両手でワシワシと撫で回して言った。

「甘口がいい」

「分かってるよ」

形は、甘いものはどこまで甘くても平気だが辛いものは苦手で、カレーは常に甘口だ。それも、真千が作る、黄色みの強いお子様向けのカレーが好物だ。

「肉はゴロゴロ入れて」

「それも分かってる」

「嬉しい。真千さん大好き。結婚して」

「そのうちな」

真千は小さく笑いながら、着替えるために自分の部屋に行く。あとから形が付いてくるのはいつものことだ。

「俺、父さんたちと会ったら、真千さんと結婚するって宣言する」

「言っていい冗談と悪い冗談があるぞ？　形」

部屋の広さは形の部屋と同じ。使い込まれた家具も、ベッドも、形の部屋と変わらない。

ただ、真千の部屋の方が整理整頓されている。

彼はスーツの上衣を脱いでネクタイを緩めると、ソファ代わりのベッドに腰を下ろして、ムッとした表情の形を見上げた。

「形」

「……そう言っておけば、俺の知らないところで勝手に結婚相手を決めることもないだろ？　ちょっと前にチャットしたとき、母さんに好きな女子の好みとかしつこく聞かれたんだよ……。俺、結婚するより絵を描いていたい」

形が自分のオオカミ耳を右手で引っ張る。

ああ、と真千は理解した。

親が子供のために結婚相手を探すのはよくある話だ。

特に獣之人は独自のネットワークを持っているので、うら若き同種の女性を探すことも容易いだろう。

「そうか。形は成人だもんな。結婚はともかく、婚約者がいてもおかしくはない、か」

「だから、俺は結婚とか婚約とか、そういうものはいらない。真千さんの傍にいて、絵を描いていたい。知らない女子をいきなり連れてくるのは勘弁してほしい」

「しかしなあ……だからといって、俺と結婚するというのもな……」

「真千さんは俺が嫌い？」

「好きだよ」

「……いや、だから、そうじゃなく」

目の前で、真顔で首を横に振られて、真千は「なんだよお前」と唇を尖らせた。

「昔からよく結婚してとは言っていたが、分かってるだろ？　パートナー制度はあっても、日本じゃ同性婚はできない」

「知ってるけど。………あ、まさか俺、あー………何やってんだ俺。ほんとバカ」

こんな、悔しそうな形の顔を初めて見た。

真千の知っている形は、いつもちょっと表情が緩い。怒っていてもどこか他人事のような顔をしているのに、なんだこの真剣な顔は、と瞠目した。

「おい、形」

「なんでもない。いいや、ちょっと一人で考える。真千さんは早くカレー作って。俺、腹減った」

言いたいことだけ言って、形は部屋を出て行った。

「なんなんだ、あいつ。一人で騒いで」

形は、満月が近づくと浮かれて突飛な行動をしていたが、今のもそれなんだろうか。

真千はワイシャツを脱ぎながら首を傾げた。

真隆のアトリエは、今はイーゼルに描きかけの絵が掛けられているだけで、ずいぶん殺風景だ。

モデルが座る椅子やソファには白い布が掛けられて、資料の写真は綺麗に壁に貼り付けてある。油絵の具やアクリル絵の具がこびりついた机は、真千が「これはもうカンナで削るしかない」と諦めたほどだが、今も大事に使っている。

彼はグラフィックソフトを使って絵を描くイラストレーターでもあるので、アトリエにはデスクトップパソコンもある。初めてここを訪れる人間は、その不思議な空間に驚くだろう。

形は最高に旨いカレーを食べ終わってから、「仕事に戻るよ」と言った真隆にくっついて、彼のアトリエに足を踏み入れていた。

なんとなく、リビングで真千と二人きりになりたくない気分だったのだ。

「うん。それで、何に悩んでるの？」

真隆は、何か調べ物でもするような軽い口調で切り出す。

いささか緊張していた形は、その暢気な声に安堵のため息を漏らした。

いくら自分が才能と能力のある獣之人であっても、まだ二十年しか生きていない。年長者の気遣いには勝てなかった。

「悩むと言うかなんと言うか……自分の馬鹿さ加減に気づいて落ち込んでる」

形は木製のスツールを引っ張り出して腰掛けると、真隆に背を向けてテラスを見た。

「気づけたのはいいいんじゃない？」

「うん」

窓ガラス越しに、そろそろ満月になろうとしている歪な月を見ていたら、ひょっこりとオオカミ耳と尻尾が出てきた。

左耳だけ真隆に向けて、形は「はあ」とため息をつく。

「父さんと母さんは、仕事でフランスに行ってるときに出会って、それで結婚したんだって。同種の獣之人に会えると思わなくて、まさに運命の出会いだったって」

「その話、本人たちから耳にタコができるほど聞いたよ」

「俺はＳＮＳの通話で何度もされた。カメラも付いてるってのに、目の前でイチャイチャするし。夫妻揃って仲がいいのはいいことだけど、こっちはいたたまれない」

「ははは。そりゃ大変だったな」

「俺にも、そんな出会いをしてほしいみたいだけど……」

尻尾はだらりと下がったまま、先端だけが神経質に左右に揺れる。

この世に生まれてすぐに、その出会いは果たしてしまった。

「まあ、そういうときは、自分の名前の由来を思い出してごらんよ」

「あー……」

何事も、形に囚われないで自由に生きてくれという意味で、「形」と名付けられた。

学校の宿題だからと、名前の由来を聞くために海外の両親とビデオチャットをしたとき、そう言われた。特に父は胸を張っていたように思う。

たしかにその通りに育っているとは思う。

だがそのせいで、形は今日、自分の間違いに気づいたのだ。

真千に「結婚して」と言い続けたのは、それが自分の最大限の愛情だと思ったからだ。

だから、周りを気にせず言い続けたし、行動でも伝えてきた。

でも、よく考えたら日本では結婚できない。なんでこんな簡単な、小学生でさえ知っているようなことをすっかり忘れていたのか。

「結婚して」のあとに「好きだ」と言っても、そりゃあ真千に冗談だと思われる。

せめて聡介が、真顔で「それ無理だから」と突っ込みを入れてくれていれば、途中で軌道修正ができたものを。いや、友人に責任を押しつけるのは卑怯だ。

「俺、ほんと、バカだったなーって……思って」

「何度も言うほどバカじゃないと思うがね」

ブーンと機械音がして、真隆がパソコンを立ち上げたのが分かった。

形は、両耳を背後の真隆に向けて「それはそうなんだけど」と、掠れた声を出す。

「今からでも、巻き返せるかな」

「相手は形のことをどう思っているんだ？」

「え？」

「形の好きな人か恋人の話だろう？　俺は、形は真千が好きだとばかり思っていたけど、他に相手がいたとは驚きだ」

形は、耳だけでなく全身で真隆に向き直った。

「他に相手なんかいないし！　俺は生まれてから今まで真千さん一筋だしっ！」

床を掃除するほど尻尾がボッと膨らみ激しく揺れて、耳は警戒してぺたりと伏せられる。

言ってから、「あああ、何やってんだ俺はー……告白する相手が違うー」と、両手で頭を抱えて床に転がった。

「いや、その前に、俺に『大事な息子さんをください』って言うべきじゃないか？」

「そんなの言わなくても分かってるくせにー。はー……俺ほんと最低。今すぐ遠吠えして気持ちを切り替えたい気分」

「それをやると、町内のワンコが吠えまくって大変なことになるからやめなさい」

「ううう、分かってる」

忘れもしない、あれは小学六年生の秋。毎月見ているはずの満月が、そのときはやけに綺麗に見えて、吠えたい衝動を抑えきれなかった。耳と尻尾を出して満月に向かって吠えたら、町内のワンコ大合唱という「怪奇現象」を引き起こしてしまったのだ。

警察や消防までが動き、ＳＮＳでは「凄いことが起きてる」と大勢に呟かれて大変な一夜になった。

今でもご近所では、ふとしたときに「あのときの遠吠えはなんだったのかしらね」と話題に上る。

「形」

「なんだよ」

「俺はお前の味方だから、適当に頑張れ」

「……それでいいの？」

「うん、まあ……それでいいよ。ただ、真千が不幸になるのは嫌だな」

「俺は、真千さんと一緒にいられればそれで凄く幸せだから、真千さんもそう思ってくれるといいな」

形は、告白もしていないうちから、恋人同士になってからのことを語る。

「あー……それ、危険危険。俺はそれで奥さんに捨てられた」

のんびりとした真隆の声に、形の両目が見開かれた。

なんだそれは、と尻尾が揺れる。

「は？　ちょっ！　ちょっとそれ詳しく！　おじさん詳しく！」

形は勢いよく起き上がり、複雑な表情を浮かべている真隆を見た。

「言わないと相手に通じない。そこでこじれて、最終的に『私と絵とどっちが大事なのよ』になった。あれはなあ……辛かったなあ……」

うんうんと頷く真隆の前で、形は「それなら問題ない」と瞳を輝かせる。

一体どんな恐ろしい過去が語られるのかと思ったが、とりあえず自分にはまったく関係のないことだった。よかった。

「真千さんがそんなこと言うわけない」

「ああうん、そうだね。真千は言わないわな。そうでなかったら、形をスカウトなんてしない。あの子は、お前よりもお前の絵に先に惚（ほ）れたんだし」

「待っておじさん。それ言うのやめて、嫉妬の対象が自分の絵だって思いたくない。分かってても、嫌だ」

今夜は気持ちが浮いたり沈んだりと激しい。

それでも。

「……父さんたちが帰国したら、俺は自分の気持ちを素直に伝える。だからその、もしうちの親に何か言われたら、ごめん。今のうちに謝っておく」

形は床に正座して、真隆に深々と頭を下げた。

「まあ大丈夫でしょう。君は君で、自分の思うように行動しなさい。ただ、満月の衝動には気を付けて」

「はい」

形はすっと目を細め、ぽふんと尻尾を一度振った。

「今回の満月はミラクルムーンというものらしい。赤くて大きくて、まるで梅干しだ。見てみるか？　形」

あんなに歪だった月も、今夜はすっかりまん丸で、しかも天体ファンが喜ぶ特別な名前が付いている。

真千は、ベッドに寝転がっている形の頭を大きな耳ごと優しく撫でて、「具合はどうだ？」と聞いた。

こんな風に満月の衝動に振り回される形を見るのはこれで三度目だ。一度目は形が小学六年生の秋で、「遠吠え事件」を起こした。

二度目はすぐそのあと。中学一年生の春。形は初めての性衝動を抑える術を知らなかった。三度目が、今だ。

数日前から感情の起伏が激しかったのは知っていたが、満月を見た途端に顔を青くしてふらふらと部屋に閉じこもるとは思わなかった。

なぜなら、形が見たのは朝の月なのだから。

「先生に頼まれた準備があるから」と、いつもより早く家を出たはずなのに、すぐに戻って来た。

そのあまりの顔色の悪さに真千は、「これは一大事だ」と会社に電話して有給休暇を取った。聡介にも連絡して、形の代わりに準備を頼んだ。

月が欠けていけば形の調子は元に戻る。だから今週末、傍にいてやればいつもの形に戻るだろうと思ってのことだ。満月に感情や体調を揺さぶられるのは、オオカミの獣之人としてある意味仕方がない。慣れなければならないことだろう。

だからといって、真千は具合の悪い形を放って仕事に行けなかった。

自分でも笑ってしまうほど、形に甘い。

「なんなんだこれー……しんどい」

「完璧な満月は明日だとニュースで言ってた。リアルタイムの月観測、見てみる？」

「そんなの見たら、俺、吐く」

オオカミ耳が、柔らかな癖っ毛の中でへにゃりと伏せられた。尻尾も出っぱなしで動く気配がない。心なしか毛艶も悪い。

「悪かった。……水、持ってこようか？　それとも、何か食べたいものはあるか？」

すると形は、真千を見上げて「仕事は？」と尋ねる。

「今日は休みだ」

「今日、金曜」

「うん。でも、俺は休みだ」

「なんなのそれ……俺を甘やかして殺す気？」

「バカ、勝手に死ぬな」

優しく頭を撫でてそう言うと、形が小さな声で「ありがと」と言って頬を染める。

なんだこの、図体だけ大きくなった可愛い生き物は。

胸の奥がきゅっと絞られたように痛み、甘酸っぱい気持ちがじわりと湧いてきた。

ときどきわけの分からないことを言って自分を困らせるが、今の素直な一言で全部許せてしまう。

「俺……かっこ悪い」

「仕方のないことだから気にするな。徐々に慣れていくさ。落ち着くまで大人しく寝てろ」

「うん。俺が落ち着くまで、ここにいてよ」

「ああ」

ベッドにぐったりと横たわったまま、形が目を閉じる。額や首筋に汗が浮いていたので、タオルでそっと拭ってやると、僅かに眉を顰(ひそ)めた。

せめて、どんな風に具合が悪いのか言ってくれれば、こちらも対処のしようがあるのに、形は何も言わずに時折尻尾を揺らすだけだ。

「もっと撫でて」

「うん」

撫でてやれば気が紛れるのか。

真千は両手でよしよしと形の頭や頬を撫でてやる。

「気持ちいい」

形が「はは」と嬉しそうに目を細めて口を開けた。

鋭い犬歯が見えたので、真千は思わず指先でそこに触れる。

子供の頃は甘噛みされても大して痛くなかったが、今これで噛まれたら大怪我をしそうだ。甘噛みでもきっと痛い。

「立派な牙になったな、形」

「あー……」

両手で頬を包み、指先で唇や犬歯を何度もなぞる。綺麗な歯並びの中に見える凶器。人のようで人でない生き物の凶悪な武器が、とても美しく見えた。

「綺麗だ、形。この牙、凄く、いいな」

仕事でもないのに、つい、美術的価値を考えてしまって小さく笑う。

すると形の舌で指を舐められた。

「こら」

「口を開けっ放しにしてると、ヨダレが出る」

「それぐらい拭いてやるよ」

「いや……その、これ以上は、ちょっと」

形の目が泳ぐ。

「なんだよ。変なヤツだな」

いつもなら必要以上にごろごろと甘えてくるのに、どこかよそよそしい。

「眠くなったから寝る」

「はいはい」

真千は、こちらに背を向けて体を丸めた形の背にそっと布団を掛けてやった。


形の両親が帰国するのが来週末になった。寒波で飛行機の便数が減り、ホテルで待機しているのだと真千宛にメールが来た。

「来週末は、予定を入れないでくれよ、父さん？　できれば、うちでずっと絵を描いていてほしい。……俺はちょっと、形の今の症状をどうしたらいいか聞く」

真千はリビングのローテーブルでノートパソコンを開け、背中を丸めて胡座をかき、もの凄いスピードでキーを打つ。何森夫妻がオンラインにいてくれてよかった。

「お前は本当に形の世話を焼くのが好きだな」

真隆は息子にコーヒーの入ったマグカップを渡して、自分はソファに沈み込む。

「俺はあいつを預かったときから、しっかり守るし大事に育てると誓ったんだ」

「きっかけはそれだとしても……」

「あ、返事来た！　あー…………、へ？　マジで？　いや、それはちょっと」

何森夫妻の返事は「個人差があるけど満月の衝動は二十代半ばで大体落ち着くの。飲む薬も付ける薬もない。『そういうもの』なのよ。だから苦しそうにしていても放っておいて大丈夫。うちの形が面倒をかけてごめんなさい」だ。

「月が欠けていけば元気になるのは知ってる。でも、俺が聞きたいのはそれじゃないんだがな……」

「両親がそう言ってるんだから、お前が横から口を挟むのはやめなさい。ちょっと替わってくれ。俺も何森さんたちと会話したい」

父にノートパソコンの前から押し出された真千は、「なんだよもー」と言いながら、コーヒーの入ったマグカップを持ってソファに移動する。

放っておいていいと言われても、あんな辛そうな形は見ていたくない。いつもみたいに笑顔で甘えてほしい。これが自分の我が儘だとは分かっている。でも。

真千は、壁の飾り棚に載っている時計を見た。もう午後の三時だ。

朝食を食べたきりで寝ている形のために、真千は何か食べやすいものを……と、立ち上がってキッチンに向かった。

つるりと飲めるようにと、具のない茶碗蒸しを作った。これは形の好物の一つで、具合が悪いときはよくリクエストされた。

あとは、常温のペットボトルの水。

父が「ちょっと出かけてくるね。明日の朝までには帰ってくる」と言い、笑顔で玄関に体を向ける。きっとまた、友人たちとどこぞのバーで飲んでくるのだろう。

真千は形が大変なときにと睨んだが、「仕事の気分転換です」と言われたので、仕方なく「行ってらっしゃい」と送り出した。

まったく芸術家って奴は……と、心の中で悪態をついた。

「形……？」

そっとドアを開けて、薄暗い部屋に入っていく。

いつ暖房を切ったのか、部屋が薄ら寒い。このままでは、満月の衝動で苦しむだけでなく風邪も引いてしまう。

真千はトレイを机に置いて、エアコンのスイッチを入れようとしたが「そのままでいいから」と言われて振り返った。

「形」

「熱があるから、暑くて。だから、消した。明かりもいらない。眩しいんだ。明かりがなくても、今は周りがよく見える」

のっそりとベッドから起き上がり、掛け布団の中からこちらを見つめる形の目は、星のように瞬いて見えた。

「具合は？　熱があるだけか？　どこか痛いところは？」

真千は足早にベッドに向かい、形の顔を覗き込みながら質問攻めにするが、形は小さく笑って答えない。

「形……？」

「ねえ、真千さん、あのとき、覚えてる？　俺が、中学に入ったばかりの頃の、春の満月。俺に、大事なこと、教えてくれたよな？」

「それは、その……覚えてる、けど。情けないからさっさと忘れろ」

今度は形に顔を覗き込まれるが、真千は彼の視線から目を逸らした。

「情けなくない。俺は嬉しかった。だから、前より凄く好きになって、それで、絶対に結婚したいと思った」

形に肩を掴まれて、そのまま、そっとベッドに押し倒される。彼の琥珀色に輝く目があまりに綺麗で、抵抗するのを忘れた。

「だからな？　形、男同士で結婚は……」

「知ってる。でも、真千さんが好きって思いをどれだけの大きさで表したらいいか分かんなくて、だから結婚って言葉を使った。好きな人と一生いるための手段だから。男同士で結婚できなくても使いたかったんだよ。俺、本気だから。冗談じゃない」

「満月だから、気が昂ぶってるんだな」

「違う。だから、さ、俺の告白を冗談で流さないで。好きなんだよ、俺。真千さんが好き」

目に涙を浮かべて自分を見下ろす形が可愛い。

顔を赤くして、熱い息で、我が儘を言うのが可愛い。

好きか嫌いかと聞かれたら、もちろん即座に好きだと言えるが、だがその「好き」に愛はあるのか。というか、今までの告白が冗談でないとしたら、自分の態度はとんでもないドSになる。最悪じゃないか。

真千は深呼吸を一つしてから、形の胸をそっと叩いた。

「待て」

「待たない。俺、真千さん一筋だから。知ってる？　オオカミって浮気しない獣之人なんだよ？　誰か一人を好きになったら一生その人だけを愛するんだ。その人しか見ない。だから俺、真千さんに振られたら一生一人なんだよ！　責任取って！　俺の童貞をもらって！」

凄いことを言われてしまった。

たしかにオオカミは番の相手と添い遂げる生き物だと聞くか、獣之人もそうなのか。だから、形の両親はあんなにも仲睦まじいのか。なるほど。

「振られたら一生一人って……それはちょっと言いすぎじゃないか？」

「いやだって、俺の心的には、もう、真千さんと番になってるから。だから……」

こんもりと溜まっていた形の涙が、ポロポロと零れ落ちて、真千の頬を濡らしていく。

こんな綺麗な獣の目を持っていて、泣き顔は子供の頃と少しも変わらないのが狡い。

真千は両手を伸ばし、形の涙を優しく拭って「泣くなよ、バカ」と笑う。笑ったら、緊張が解れて気持ちに余裕ができた。

だが形は違うようだ。

「バカじゃないし……っ」

「本気で言ってない。お前、ほんと、可愛い顔で泣くから……俺はどうしたらいいんだ」

「俺と番になればいい」

「愛してないと、番にはなれないだろ？」

「真千さんは俺が嫌いなのか？　俺のこと嫌いなのに……今まで世話をしてくれたの？　どれだけMだよ。ドMかよ」

「おいこら。可愛いからって何を言っても許されると思うな、子犬」

「俺は子犬じゃない」

　そう言って唇を尖らせる形は、やっぱり可愛くて真千にとっては子犬だ。

「いきなり告白されて、番になれって言われても……なれないだろ？　落ち着けよ」

「責任取らずに……俺を放置するのかよ」

　その言い方をどうにかしてほしい。

　まるで自分が傷物にしたみたいな言い方に、真千の顔が赤くなる。

「俺だって、失敗したと思ってるんだ。もっとこう……違う言い回しがあったのにって。結婚してじゃなく、番になってと言えばよかった」

　どれだけ悔しいのか、形が眉間に皺を寄せて涙を零した。

「泣くなって、目が腫(は)れるぞ？　不細工(ぶさいく)な顔になるぞ？」

「それでも真千さんは俺のこと可愛いって言ってくれるだろ？」

「……………そうだけど」

「俺、今年の夏で二十一歳になるのに」

「俺は今年の秋で二十八だ。……それに、幾つになっても可愛いものは可愛いだろ。お前の耳と尻尾はふかふかで信じられないほど可愛いし、我が儘ばっかり言う口だって可愛い。昔よりすっきりした頬は触り心地がいいし、髪は癖っ毛で柔らかくて凄く可愛い。眠そうな目も可愛い。寝起きのぼんやりした顔も可愛いし、真剣に絵を描いてる姿なんか、最高に可愛いと思う」

「く……っ、これを嬉しいと思ってしまう俺って……」

「だから、今はそれで我慢していなさい。愛だの恋だのは、追々考える」

形と恋愛ができるか分からない。なんと言っても「親愛」が強すぎる。かといって、そんな気はまったくないと放り出すこともできない。ここまで育てた形を誰かに取られるなんてとんでもない。絶対に嫌だ。だから保留にした。

情けない独占欲で形を縛りつける。狡いな、と、自分でも思う。

案の定、形が「なんだそれ」と獣の色をした目を細めて鼻に皺を寄せる。

「だったら、さあ。あのときみたいに俺を助けてよ。そしたら、今は、我慢するから」

「あれは……できないよ」

「俺に、あんないやらしいことを教えておいて、もうできないなんて言うなよ」

形の、オオカミ耳が、両方、ぐっと前を向く。

琥珀の瞳にまた、星が飛び散った。

「真千さん……噛みたい。噛みつきたい。いっぱい痕を残したい。俺にあんまり我慢させせないで」

開いた口から綺麗な犬歯が見える。生温かく柔らかな舌に首筋を舐められた。

「好きだよ、噛ませて」

そして耳元で「助けてよ」と泣きそうな声で囁かれて、真千は弾かれたように形の背に両手を回した。

「くっそ……！　このバカ犬っ！　あのときと、同じこと、する、だけだぞ！」

これは親愛なのだ。形が大事で可愛いから、助けてやるだけだと自分に言い訳する。言い訳を考えた時点で、すでに気持ちは別のものへと動いていたのかもしれない。でも、今は何も考えずに行動する。

形の尻尾がピンと上がって嬉しそうに揺れたが、真千には見えなかった。

『まさゆきちゃん、そうやって弄って、最後はどうなるの？　見せて』

『そのうち、ぬるぬるして扱きやすくなる……、あとは、ほら、お前もやってごらん』

やり方を見せてくれと、泣きべそをかいた形にせがまれて、彼の前で自慰をした。そして形の陰茎を扱いて射精させてやり、自分も射精するまで見せた。

形のベッドの上、薄暗い部屋の中で、信じられないほど興奮して、互いに向き合い見られながら自慰を繰り返した。

だがあれは、形の満月の衝動に釣られただけだと思っている。

数日は気まずい思いをすると思ったが、形がいつものように無邪気にくっついてきたので、「よかった。あれは間違ってなかった」と安堵した。

でも、やっぱり、安堵してはいけなかったのだ。

薄ら寒い中、真千は無言で服を脱ぎ捨てる。

「真千さん」

形がはち切れんばかりに尻尾を振るのが、見ていて恥ずかしい。

「お前、それ、大人しくさせろ」

「大人しくする代わりに、さ」

勢いよく押し倒されて息が詰まる。文句を言おうとした口を唇で塞がれた。

すかさず入ってきた舌を腹立ち紛れに噛んでやろうとしたが、いとも容易くかわされて、逆にチュッと吸われる。

そのまま、口の中を探るように舐められていたが、唇にちくりと痛みを感じてくぐもった声を上げた。

多分、形の犬歯で唇を切った。けれど、その鉄臭さに妙に興奮する。

形が調子に乗って、真千の腕や肩にパクパクと噛みついてきた。血が出るほどではないが痛いし、歯形が残ったらどうしてくれると怒りも湧いてくる。

なのに。

さっきからずっと擦れ合っている陰茎ははち切れそうなほどに昂ぶって、先走りを溢れさせていた。

こんなの信じられないと思えば思うほど、股間を意識してしまって上擦った声が漏れる。

「そのまま、動くな」

いつもの甘ったれた声が、今は低く掠れて別人のようだ。首筋を舐め上げられて、快感で背筋が震えた。

久し振りの快感で、早くてもいい。もう射精したい。そう思って右手を股間に持っていこうとしたら、「だめだ」と優しく囁かれた。

形を見上げる。

犬歯を見せて笑っている。

少し前までは「可愛いから仕方ない、させてやる」と心ならずも優位に立っていたはずだ。だが今はひっくり返された感覚に体が震える。

どれほど可愛げがあろうとも、この男はオオカミなのだ。

「まさゆき」

右肩を甘噛みされる。力の加減はされているが、でも、ところどころに血が滲んでいるのが分かった。鉄臭い。

「まさゆき、可愛い」

いつも自分が形に対して言っている言葉を形に囁かれた途端、気持ちがよくて腰が浮いた。

「あ、ぁ」

「自分がこんなに可愛いの、まさゆきは知らないよな?」

ちゅっちゅと、うなじや首を強く吸われながら、腰を掬われる。形の両手の中に、彼の陰茎と一緒に自分の昂ぶりが包まれる。

もっと滑りをよくするために、形がそこに唾液を滴らせた。そして、赤く濡れた舌で唇を舐める。

子供だと思っていたのに、こんな、いやらしいことをするなんて。

真千の心臓が高鳴る。

「は、ぁ」

筋張った長い指がゆるゆると動き、股間から、粘り気を帯びたはしたない音が響いた。

「あぁ、そこ、いい」

「まさゆき、可愛い声」

「か、可愛く、ない。違う、俺は……」

「可愛い。興奮して、顔を赤くして、ちんこ、先走りでとろとろにしてる。可愛くて、エロい。俺に見られてこうしてるのが、凄く、可愛い」

扱かれてくちゅくちゅと音がする。先走りの飛沫が腹にかかる。

形より七つも年上なのに、恥ずかしい場所を責められてよがるなんて。ずっと子供だと思っていたのに、このままでは跡形もなく食われてしまう。

「も、だめ、だめ、俺、だめだから、けい、出したい、頼む、けい、射精、したい」

「じゃあ、俺が囓ってやるから、いっぱい、出せよ？」

形の吐息が首筋にかかった。

歯が皮膚に触れる。犬歯が食い込む。

ぷつりと、犬歯が真千の肌を突き破った瞬間、二人は荒々しい呼吸の中で射精した。

苦痛と快感が絡み合って、真千は声も出せずにだらだらと射精する。よすぎて涙が出るなんて初めてで、泣き顔を形に見られるのが恥ずかしくてそっぽを向いた。

形が、「俺、まだ出る。ヤバいな……」と言いながら、真千の腹にとろとろと精を滴らせる。

「獣之人は、精液、こんなにいっぱい出るのかよ……。子供の頃は違ったろ？」

「まさゆきにオナニーのやり方を教えてもらったときのこと？　よく覚えてるね」

「それ……やめろ。聞いていて恥ずかしい」

「だったら、恥ずかしくなるまで言う」

「やめなさい」

「慣れれば平気なのに、どうしてまさゆきは嫌がるのかな？」

そんなの知るかよ。もういい。疲れた。眠い。

真千は形の言葉を無視して目を閉じる。

けれど、彼の指がまた動き出す。無視できない。

「け、い……っ」

「これぐらいで根を上げるな。まだ満月になってない」

形が太腿を摑んで「今度は、こっち、食わせて」と、あの、獣のキラキラした目で真千を見つめた。腹に放たれた精液は拭うのを忘れられて、たらたらとシーツに垂れていく。

「あぁ、くそ……っ」

見られるだけで再び熱が集まる。

「可愛い、まさゆき」

内股の、一番柔らかい場所に吐息がかかる。「待て」と言う前に噛みつかれて、その衝撃があまりに官能的で涙が出た。

「やめなさい」と語尾を強めて言ったら、形は「どうして？」と首を傾げた。

理由を問われると、真千は何も言えない。

気持ちよすぎるからやめてくれなどと、恥ずかしくて言えないのだ。

仰向けで脚を大きく広げた格好で、柔らかな内股の噛み傷を舐められる。痛くて痛くて、とても気持ちのいい場所が、ますます快感で疼く。

「もう、痛くないよね?」

それどころか舐められて気持ちよくて死にそうだ。

真千は余裕のない顔で首を上下に動かす。

「甘噛みされたときも気持ちよかったよね? 射精したもんね?」

「あれ、甘噛みじゃ、ないだろ。バカ。二度とするな」

「……………痛いだけだったの? ほんとに? ……………ごめんなさい、俺、気持ちよくて気づかなかった。ごめんね、真千さん」

謝ればいいってもんじゃ……と、視線を形に向けたら、形が目に涙を溜めていたものだから、真千は「ああもう!」と心の中で自分に悪態をついて、形の頭を両手で乱暴に撫でた。

「泣くな……!」

「俺だけ……気持ちよかった? ごめんなさい」

「そうじゃないから、ほら、こっち来い!」

真千が形の髪を摑んで引っ張ると、彼は素直に体を移動させる。

ようやく目線が合ったところで、「俺も、そりゃ、まあ、よかったよ」と言ってやったら、形はきょとんとした顔で瞬きをしたあとに、ポロポロと涙を零した。

「ごめんね、ごめんね、真千さん。俺、次はもっと真千さんを気持ちよくさせるから。完璧な甘噛みを覚えるから、今だけ許して。俺のこと嫌いにならないで。捨てないで」

最初は可愛い謝罪だったのに、だんだん重くのし掛かってくる甘い呪いの言葉に、真千はため息をつく。

違う。痛くなんかない。いや、痛かったけど、それが凄く気持ちよくて、とにかく、そんな恥ずかしいことを口にしたら変態か淫乱(いんらん)だろうが。

心の中で次から次へと言い訳を思い浮かべながら、真千は「次もあるのかよ」と突っ込みを入れた。

また同じようなことをされたら、年長者としてのプライドが快感で砕けそうだ。年の離れた弟のような形に、もっとほしいとねだれるわけがない。最悪だ。ねだれるとしたら、自分たちの関係が変わるときだ。

なのにこの子供は、瞳を輝かせて微笑む。

「そうだよ。だって俺は、真千さんが好きだから。本当は契(ちぎ)りも交わしたいけど、今は優しくできる余裕がないから。甘噛み覚えるから、ね？　次も、一緒に気持ちよくなろ？」

「あー…………とりあえず、お前を捨てはしないから、安心、しろ」

「はい！」

「次回に関しては……保留」

お前のことは可愛いし好きだけど、それ以外はまだ返事ができない。

真千は「狡い大人」のまま、よしよしと形の頭を撫でる。

「大人の甘噛み、覚えるから。俺は、何があっても真千さんと何度もセックスしたい。番になりたい」

ほんの数分前までは子供の泣き顔だったのに、今は、悔しそうな掠れ声を出す大人の顔をしている。琥珀色の目でじっと見つめられて体の芯が疼き出しそうになる。

「とにかく、今は疲れてるから……ちょっと休ませてくれ。あと、これ、さっさと拭け。ベタベタして気持ちが悪い」

腹の精液を指さすと、形は慌ててティッシュボックスに手を伸ばして、中から何枚ものティッシュペーパーを出して濡れているところを丁寧に拭いた。

「まあ、これぐらいでいいか」

「うん。そしたら俺も一緒に寝る」

「狭い」

「でも俺、温かいから抱き枕になる」

たしかに。

たしかに形はいい抱き枕になる。丈夫だから力任せに抱きついても平気だし、髪は柔らかくて触り心地がいいから、思わず顔を埋めたくなる。

「今は、体、落ち着いているので、よろしかったら、つまらないものですが、どうか俺を抱き枕にしてください」

「お前はお中元かお歳暮かよ」

「そういうつもりじゃない。……俺も、寝る。また心臓がドキドキしてきた」

「そうだな。寝てしまえ」

次に起きたら、きっと満月は終わっているだろう。

真千は、抱きついてくる形の背を優しく叩いてやった。


噛まれた傷はすっかり血が止まっていたが、直視したくない穴が開いていた。

真千は、下着を着けただけの格好で姿見の前に立って眉を顰める。

傷を付けた張本人は、今は気持ちよく眠っている。無防備に腹を見せて寝ているなんて、オオカミの獣之人にあるまじき行為ではないか。

風邪を引いたら大変だからと布団を掛けてやったのに、形はそれを蹴飛ばし、「暑い」と悪態をついた。

「起きてるのか？」

「うん。まだ、心臓がドキドキしてる」

目を閉じたまま、両手を胸に押し当てて形が言う。

その姿は美しい彫刻のようで、形の方が「ハムレットの葬送」のモデルに見える。彼自身、真隆のモデルしかやらないし、それも真千と一緒でなければモデルにはならないのだが。

「満月に向けて衝動がピークになっていくなら、あと少しで終わりだな。よかった」

「よくない。……噛み傷が残ってるだろ？　俺が治してやるからこっちに来て」

形がようやく目を開け、真千を見ながら「ん」と、両手を宙に伸ばす。

オオカミ耳はピコピコと前を向き、尻尾も嬉しそうに動いている。

「え？」

「本当は、一つぐらい噛み傷を付けっぱなしにしたいんだけど」

「そういう、子供っぽい独占欲は迷惑だぞ？　形」

「俺はもう成人式を迎えました。子供じゃありません」

「子供だろ。こっちの都合なんてお構いなしに、好き勝手しやがって……。なんで俺が、形を相手に、あ、あんな……」

　ここから先は口では言えない。

　真千は顔が熱くなるのを感じながら、ベッドサイドに乱暴に腰掛けた。すかさず形の両腕が腰に絡んでくる。

「傷を舐めたい。大事な人の傷だからめちゃくちゃ舐めたい」

「もういい。これぐらいの傷なら、大きな絆創膏を貼っておけばどうにかなる」

「内股にもあるのに」

「服を着れば見えない」

「それはそうだけど……頑固だね真千さん」

　形は真千にしがみついたまままため息をつく。

「ここで、はいそうですかってお前に脚を開く方がだめだろ。満月の衝動は完全には終わってないんだ。そうだ、ちょっとベッドから下りろ。シーツが酷いことになってるから交換する。いろんな匂いで恥ずかしくて死にそうだ」

　こんなことは想定していなかったが、ベッドパッドを敷いておいてよかった。

　シーツに付いた血痕は洗えばどうにかなるような状態ではないので、破棄しなければならない。

「俺、真千さんの匂いが付いてるシーツがいいから、これ、捨てないで。洗わないで」

「ふざけるな。俺が嫌なんだよ。あと、着替えるから離れろ」

いつまでも下着一枚でいたら風邪を引く。

真千は「えー」と不満を口にする形の腕を乱暴に払い、服を着た。

「……あ――、満月、終わった」

夕食後、リビングのソファで寝転がり、耳を伏せ、衝動に耐えるかのように目を閉じていた形が独り(ひと)ごちる。

真千は「ほんとかよ」とばかりに窓を開けて夜空を見上げるが、彼の目には月は赤く丸かった。

ずいぶんと唐突な感じがしたが、些細(ささい)な月の欠けは、獣之人にだけ分かる感覚なのだろう。

「まだ少しドキドキするけど、月を見て気持ちが悪いこともないし、体の中から湧き出てくる衝動もない。…………ほんと、収まってよかった」

形の尻尾が、少し苛立たしげに揺れている。

「そうか」

真千は「どれどれ」と言いながら形に近づき、彼の口を開けさせて犬歯を見た。

少し目立つ程度の犬歯だ。噛みつかれたときのような狂暴さは微塵(みじん)もない。

「うー……」

形が文句を言うように低く唸ったので、真千は「分かったよ」と言いながら手を放す。

「熱はないようだが……気分は？　気持ち悪かったりするか？　頭痛は？」

「どっちも大丈夫」

そう言って、形が真千の肩に頭を載せた。

子供の頃から少しも変わらない、甘えたときの形らしい行動に、真千は「ふふ」と小さく笑う。

「具合の悪いときに嘘をついても、自分が辛いだけだぞ？」

「ほんとにもう平気だから」

ぷるぷると頭を左右に振る形の仕草は、風呂上がりの犬のようで可愛い。真千は「そうか」と言って、彼の頭を撫でた。

「今回はとんでもない衝動だったから、収まってよかった」

「そうだな。いつもみたいな、やたらと元気になるのとは違ってた」

「ほんとだよ。俺、真千さんを噛み殺したくないし」

物騒なことを言う形に、真千は思いきり嫌な顔をしてみせた。

「…………育ての親とも言える俺を噛み殺そうとしたなんて、お前は最低なオオカミだな」

さすがにおしめを替えたことはないが、それ以外のことは大体してやった。歯の磨き方も箸の使い方も、上手く出来ない形にしっかりと教えたのは真千だ。

仕事が忙しい何森夫妻は、いつも真千に感謝していたが、真千は今でも「当然のこと」と思っている。

「だから、殺してないだろ？　俺はそんな勿体ないことしないよ。俺は絶対に真千さんと番になるんだから」

「俺にその気はないぞ」

「毎日言ってれば意識するだろ。俺は真千さんが好きで、番になりたい。いつでもセックスしたい。生涯添い遂げたいです」

「お前はほんと、困ったヤツだよ」

にっこりと笑みを浮かべる形に、自信満々に言うなよバカと思いながら、真千は「さっさと風呂に入れ」と言った。

「今夜はもういい。明日の朝にする。今は、気だるいけどフワフワした気分を満喫したい」

「……次の満月もこうだったら、お前、ちょっといろいろと考えないとだめだぞ？」

真千は唇をきゅっと結び、真顔で形を見下ろす。

また肩の噛み傷がじわじわと疼いた。

これから先、満月のたびに噛まれ続けていたら体が持たないし、精神衛生的にも問題が出てくる。それに、下手をしたら、その場の空気に流されて関係を持ってしまうかもしれないのだ。

今までの「満月の衝動」とはわけが違う。

そしてこれから先の満月、鮮血が滴るまで形に噛みつかれることはないという保証はない。

「分かってる。でも、次は……大丈夫な気がする」

形が緩い笑顔を見せて、右手をそっと持ち上げる。何をするのかと黙って見ていたら、真千の首筋に貼られた大きな絆創膏を指先でそっと撫でた。

「まだ痛い？　ずきずきする？　ごめんね？　真千さん」

「そこまで痛くはない」

「舐めていい？　もう少し舐めれば傷は綺麗に消えるから」

「……オオカミの獣之人に舐めてもらえば、傷は消えるのか？　獣之人に舐めてもらうと、どんな傷が治る？」

形の歯が乳歯から永久歯に生え替わる頃に「歯が痒い」と何度も噛まれたが、牙で皮膚に穴が開いたことはあっても（アレは痛かった）、傷が消えたことなんてなかった。

真千の問いに、形は曖昧な笑みを浮かべて頷く。

この顔は、誤魔化したいときの顔だ。年中一緒にいるのだからよく分かる。真千は形をじっと見つめて「どうなんだ？」と問い詰める。誤魔化されてなんかやらない。

「あー………うん。誰が付けた傷でも舐めると治る。これは、俺たちが一番知られちゃいけないことだって、父さんがチャットで教えてくれた。今回の衝動で、それが発動した、みたいな？　ほら、二十歳超えたし。成人式を終えたし」

「おいこら」

暢気な顔で言っている場合か。

真千は頭が痛くなった。

このバカ犬は、自分がどれだけ凄い存在なのか分かっていない。

もしかしたら、人の歴史の中で獣之人たちは、迫害を受けるだけでなく、様々な研究の犠牲になってきたのだろうかと、そう思うだけで真千の心は酷く痛んだ。

もし形が実験のために連れ去られたら……と考えるだけで、怒りで目の前が真っ赤になる。絶対にそんな恐ろしい目に遭わせたくない。

だから叱った。

「お前、それってとんでもなく大変なことだぞ！　というか、もっと早く教えろよ！　悪の組織に拉致されたらどうする！」

「悪の組織って……真千さん、それ、本気で言ってる？」

呆れ顔をされても構わず、真千は声を荒げた。

「本気だバカ！　今の世の中、どんな会社が存在しても不思議じゃない！　もしお前が、そんなところの研究対象になったらどうするんだよ。傷痕が残らずに治るって、これ……

とんでもなく凄いことなんだぞ？　今の世の中、いろんな方法で傷を隠す方法はあるが、舐めるだけで傷が治るならそれに越したことないだろ！　捕まって、知らないヤツの傷を舐めさせられたいのかよ、お前！」

　どれだけ心配しているのか言葉と表情で伝えてやったところで、ようやく形が「心配かけてごめん」と言った。

「もう怒らないで、真千さん。俺、よく分かったから」

　大きなモフモフ耳をしゅんと垂れさせて、形が甘えた声を出す。

　この子は本当に、獣之人として生きていけるのかと、真千は心の底から心配しながら、彼をそっと抱き締めた。

「ほんとだよ。お前、もっとこう……慎重にな？　もう誰にも言うなよ？　いや、父さんと聡介になら言ってても平気か。だがそれ以外は……」

「大丈夫。俺、真千さんの言うことをちゃんと聞く」

「当たり前だ。お前に何かあったら、俺はどうしたらいいんだよバカ。こんなに気持ちのいいモフモフ尻尾に二度と触れないなんて」

「うん。俺の尻尾は真千さんのものだよ」

「当然だ」

「本体も真千さんのものだから、大事にしてね？」

「ああ。大事にしてやるから………真面目な話をしているときに人の尻を揉むな！」

「俺にとって真千さんの尻は凄く大事だよ。だって、まだ俺が突っ込んでないんだから。俺のためにこれからも処女を守って」

せっかく真面目に話したのに、このバカ犬は場を茶化す。

だから真千は、しかめっ面で言い返した。

「……守れるかどうかは、断言できないな」

「え？　何それ！　守ってよ！　俺のために守ってよ。俺は真千さんが大好きだから、いろいろ我慢してるってのに……」

今にも泣きそうな顔で怒鳴る形に、真千は「だからな、俺もお前が好きだから、俺の話をちゃんと聞けよ」と言い返した。

何森夫妻が渡航したあと、家は滝沢家に買い取られ、一旦更地にしたあとで平屋のアトリエが作られた。

真千は、一人日本に残った形のためにも家は残した方がいいんじゃないかと思ったが、大人たちはもう「海外に永住だから土地を売りたい」「だったら買いましょう」と話し合って決めていたようだ。

真隆がいろいろとこだわって設計したらしいが、真千は「掃除する部屋が増えただけじゃないか」と文句しか出てこない。

それは十三年経った今も変わらない。

空き部屋を聡介が綺麗に使ってくれて本当にありがたい。

「……父さんたちがホテルに泊まるのはいいんだけどさ、なんで俺がスーツ着なくちゃならないの？」

「成人した姿を直に見てもらいなさい」

うんざり顔の形に、真千が説明した。

「えー……」

何森夫妻が宿泊する予定のホテルのロビーで、形が唇を尖らせる。

いつもの跳ね放題の癖っ毛は、今は緩やかに後ろに流すようにセットされており、かっちりしたスーツを着ているので、美青年振りを惜しげもなく披露している。

土曜日とあって人の出入りも多く、入ろうと思っていたカフェは妙齢の女性たちが列を作っていたが、形を見ては頬を染めて内緒話をしている様子が見えた。

形が注目されるのが嬉しくて、真千は「俺が髪をセットしてスーツを着せてやったんだ」と心の中で呟き、密かに胸を張る。

「似合っているからいいじゃないか。やっぱりお前はスタイルがいいから、何を着せても様になる」

「真千さんの番の相手に相応しい感じ？」

「それはそれとして、最上階のコーヒーラウンジにでも行って時間を潰そうか」

「……………なんでそう、簡単に話を逸らすかなあ」

「大人だからな」

待ち合わせは十五時なので、先に食事を済ませてしまおうと早めに家を出たのだが、目当てのカフェはすでに女性客でいっぱい。

「俺も大人なんですけどね。あと、コーヒーより何か食べたい。腹減ってる」

「じゃあ、こっちのレストランだな。和の創作料理と焼き肉、どっちがいい？」

真千はカフェとは反対側に顔を向けて、「あそこ」と言った。

「肉。肉に決まってる」

「スーツに焼き肉の匂いが付きそうなんだが」

「こういうところは大丈夫なんじゃないの？」

そう言って、形が先に歩き出す。

「ヤバい。今気づいたけど、俺、財布に三千円しか入ってない」

いらっしゃいませと微笑む店員の前で、そういうことは言うな。

真千は顔を赤くして「俺が払うから気にせず食べなさい」と言って安心させる。

「子供は、そういうことを気にしなくていい」

「だから俺も大人だって、さっきから言ってるんですけど？」

「ああ、そうだったな」

真千は適当に返事をして、店員に「二人です」と答えた。


いい肉は美味しい。

そして、大量に食べずとも満足する。

とは思いつつも、見かけによらず大食らいの形のため、真千はあれやこれやと旨そうな部位を注文する。

暫くして、テーブルの上には飲み物のグラスや、艶々とした肉の載った皿やサラダボウル、取り皿で埋め尽くされた。

「トングを貸しなさい。俺が焼く」

真千は右手を伸ばして、形の手からトングを取ろうとするが、彼は両手に二人分のトングを持って「俺が焼く」と宣言して首を左右に振った。

行儀は悪いが、真顔でそんなことを言う形が可愛くて、つい笑ってしまう。

「肉奉行でもやる気か？　いつもは焼いてもらうのを待ってるのに」

「番になるなら、こういうことはちゃんと出来ないとだめだから。雄が雌に旨い部分を食べさせる」

形が、脂をとろけさせながら炭火で焼かれていく上カルビを見つめて言った。

「いや、まずお前が食べろよ。腹減ってんだから」

「でも」

「いいから。ほら、網の真ん中の肉、もう食べられる。焦げたら不味いぞ」

真千は、形が返事をするより先に自分の箸で肉を取って、彼の取り皿に盛る。

「ありがとう真千さん。なんて素敵な姐さん女房……」

「バカなことを言ってる暇があったら食べなさい」

「はぁい。いただきます」

えへへと甘ったれた笑顔を見せて、形が肉を頬張る。真千はその隙にトングを一つこちらに引き寄せた。

「ロースも焼くぞ？　あと、野菜もちゃんと食べなさい」

真千は新たな肉を網の上に載せ、形が食べやすいよう野菜サラダのボウルを彼の手前に置いた。

「真千さんも食べようよ。俺だけ食べてても楽しくない」

「うん、食べるよ」

こういうところが、ほんと可愛いんだよな。

形に心配させないように、自分も肉を口に入れる。口の中で脂身（あぶらみ）がとろけていく。いい肉はいい脂肪が付いている。旨い。旨くて、食べながらつい笑ってしまう。すると形が「旨いと嬉しいよね」と気持ちのいい笑顔を真千に見せた。

形の食べっぷりのよさは見ているこっちが「その体のどこに入るんだ？」と感心するほどだったが、本人は「満腹になると眠くなるからこれぐらいにしておく」ととんでもないことを言って箸を置いた。彼は一人で三人分を軽く平らげた。

「締めにカルビクッパか冷麺、食べるか？」

「んー……冷麺、かな」

「あ」

真千は店員を呼ぼうとして上げた手を、途中で下ろす。

「どうしたの？　やっぱやめる？　デザートは別の店でケーキ？」

「いや、何森のおじさんとおばさんが笑顔で手を振っているぞ、形」

「へ？」

言われた形が急いで振り返ると、店の出入り口のところで、久し振りに会った両親が笑顔で手を振っていた。

真千が席を立って彼らを出迎えるより先に、向こうが店内に入ってくる。

何森夫妻の後ろから、一人の女性がついてきた。

誰もが注目せずにはいられない、輝く金髪と深く青い瞳を持った美女だ。襟元に暖かそうなファーのついた、オフホワイトの膝丈のコートを着ている。

それがまた、柔らかなウェーブの金髪によく似合っていた。

彼女は大輪の赤い薔薇が綻ぶように艶やかに微笑んで形を見つめる。

「私はエミリア・シュレインハートと言います。何森形さん」

流暢な日本語。声は、鈴をそっと転がしたように耳に心地よい。

彼女は形だけを見つめて、「あなたは素敵なオオカミね」と言った。

なんでこんなことになった。

形は眉間の皺が消えないまま、両親とエミリア、真千と一緒にホテル最上階のティーラウンジに来ている。

結局みんなで焼き肉を食べたおかげで、真千が言っていたスーツの匂いは気にしなくて済んだ。だがそんなことは問題じゃなかった。

窓の外は冬晴れの青い空。

だが形は、景色を楽しむ気持ちなどこれっぽっちもない。

なぜなら両親が、自分のためにと言って結婚相手を連れて来たからだ。

「いやだわこの子ったら。そんな不機嫌な顔をして……」

母がため息をつき、父が何度も頷く。

「おじさま、おばさま。出会っていきなり結婚の話を出されたら、私も驚いてしまいます。こういうときは、まずは『恋人から』ではありませんか？」

「それを言うなら、友達から、だと思うけど」

まずは……で恋人になれるなら、俺は真千さんと恋人になってるよ。

そんなことを心の中で呟きながら、形は突っ込みを入れた。

するとエミリアは「お友達からなの？　ずいぶんゆっくりね」と笑った。

「ゆっくりも何も、俺は今のところあんたと結婚するつもりはまったくないんだ。政略結婚をするような家じゃないだろ、うちは？　なんでこんなことになってんだよ」

形は両親を睨んで理由を求める。

「……血を絶やさないためよ。私たちはオオカミの獣之人。人と交われば、それだけ血が薄くなる。ミックスをよしとしない獣之人も多いの。私の家もそういう考えで、私もそれでいいと思っています。幸い、私たちは年も近いし純血種でしょう？　だから、このまま結婚して子供を作りましょう。オオカミの子供をたくさん作って、強い群れにしたいと思っています。私、いい母親になれるように努力するわ」

「俺は、血統なんて考えたことはない。そもそも世界にどれだけのオオカミの獣之人がいるのかも分からない。あんたが」

「エミリアよ、形君」

「エミリアが『いい母親になれるよう努力する』って言うのはいいと思う。その気持ちは、別のオオカミに向けてくれ」

エミリアの形のいい眉が、一瞬、ぴくりと上がった。

だが形は気にせず、傍（かたわ）らに腰を下ろして話を聞いていた真千の右手を摑む。

「俺は……」

「形、ちゃんと話し合いなさい。お前はもう大人なんだから、子供みたいな我が儘は言うなよ？」

……さっきまでは子供扱いだったのに！　真千さんにそう言われたら、俺は言うことを聞くしかないじゃないか。

形は渋々真千から手を放し、「なんでこういうことになったのか、最初から、略さずに教えてくれ」と言って両親を見た。

「では俺はここで帰ります。おじさんたちは、あとでうちにも来てくれるんですよね？　父さんが会えるのを楽しみにしていますので」

席を立とうとした真千にギョッとして、慌てて彼の腕を摑んで首を左右に振った。

「え！　なんで？　真千さんは俺の家族も同然だろ？　俺を育ててくれたのは真千さんじゃないか。なんで勝手に帰ろうとするの？」

「お前の結婚話に俺が口を挟んでどうするんだ」

なんで、それが当然のような顔をするんだろう。

形は真千の言葉の冷たさに傷つきながらも、「挟んで当然だと思うけど？」と言葉を続ける。

すると両親も「そうね真千君にも話を聞いてほしい」と言った。よし。

「真千君には形がずっとお世話になっているのに、何も知らせないわけにはいかない。形の将来についてもちゃんと話をしておきたい」

「……おじさん。そういうことでしたら」

父が、席を立とうとした真千を引き留めてくれたのはとても嬉しい。

だが真千は形の「味方」になってくれるかどうかは分からない。彼の横顔は森の奥に隠された湖のように波風一つ立っていない。感情が見えない。

「最初に言う。俺は今、絵を描くことに情熱を燃やしているので、それ以外のことに関してなんの興味も持てない」

嘘は言っていない。

形は真顔で両親を見て、「結婚は早すぎる」と続けた。

「私を前にして、そんなことを言う雄オオカミは初めてです。……けれど面白いわ形君。私は、あなたが大学を卒業するまで待っていることもできます。そうしましょうか？」

対してエミリアは、余裕の笑みを浮かべて形を見る。

彼女はたしかに美しいし、「恋人」として連れて歩けば嫉妬と羨望（せんぼう）の眼差しを向けられるだろう。だが、形がほしいのは彼女ではなく真千だ。

すると父が大きなため息をついた。

「お前も知っている通り、オオカミは番になった相手と生涯を共にする。浮気も離婚もない。エミリアはお前を気に入ってくれた女性だ。きっと素晴らしいパートナーになるよ。彼女のご両親は絵画の収集をしていて、お前の才能にも注目している」

父の言葉に、形は「ああそういうことか」と唇を噛みしめる。

たしかに、「妻の実家がパトロン」になれば、この先生活に不安を感じることはないだろう。

しかし形は、獣之人は才能を開花させる生き物であることも知っている。

「俺にパトロンは必要ない」

「ああ、それはまあともかく……私たちと彼女の両親は若い頃からの友人でね。よく飲みながら『自分たちの子供が結婚してくれたら』と話をしていた。素敵な話だと思わないか？」

父の言葉に、母が「とてもロマンティックよね……私たちの壮大な夢よ」と頬を染める。

一気に話の恋愛色が強くなった。

「え？　素敵な話……？」

形の眉間に皺が寄る。

たった今、「パトロン」や「絵画の収集」は単なる飾りの言葉となった。

両親は、夢のような約束を実現させたかっただけなのだ。そういえば昔からロマンティックなことばかり言っていた。それが高じてフォトグラファーとして有名になったのだから、両親的にはそれでいいのかもしれないが、押しつけられた子供の身にもなってほしい。

「あのな……」

なんなんだそりゃ。ちょっと待ってくれ。その夢自体はいい。だが俺が関係するならやめてくれ。俺は親の夢を叶えるために生まれてきたわけじゃない。

形はしかめっ面で、「ないわー……」と低い声で言った。

「まずは『友人』として付き合ってみるといい。……というか形、私たちはお前が喜んでくれるとばかり思っていたのに、どうしてそんな怖い顔をするんだ？　父さんは悲しいよ」

「結婚相手を勝手に決められて嬉しがる子供がいるかよ」

「お前のためにしたことなんだが……いやだったのか？」

父の言葉に目眩を覚えた。

形は何度か深呼吸をして、それから、改めて自分の父を見た。

「父さんと母さんは、俺が純血種のオオカミと番になると思っているのか？　俺が、別の誰かと恋をして、その人と番……違う、人間風に言うと恋人なんだけど、それになりたいと思っているとは考えなかったのか？」

言いながら、掌に汗を掻く。

耳と尻尾が出てこなかった自分を褒めた。普段なら、こんな風に気持ちが昂ぶったら出てしまうのだ。そして真千に、「我慢を覚えなさい」と叱られる。

「お前の幸せが一番だよ。だがね、形。獣之人同士で結ばれるならそれに越したことはないんだ」

「父さんと母さんはそうだったろうけど、俺は違う。自分の結婚相手は自分で探すし、相手が人間だろうと獣之人だろうと、俺は、自分が好きになった相手と結婚する」

俺が好きなのは人間の真千さんなんだと、声に出したかった。でも、そんなことをしたら真千にどんな迷惑がかかるか分からない。だから形は黙る。それくらいの「頭」はある。形は、真剣な眼差しで両親を見つめるだけにとどめた。

「あと、エミリア。わざわざ日本まで来てくれて申し訳ない。俺は、オオカミの知り合いはいないから、あんたと友達にはなれると思う。でもそこまでだ。それでは、失礼します。真千さん、帰ろう」

形は立ち上がってエミリアに頭を下げると、真千の腕を摑んで引っ張る。

背中に「また会いましょう」とエミリアの優しげな声がかかったが、それは無視した。

まあ、いずれはこういう日が来ると、真千は思っていた。

何せ形はオオカミの獣之人で、しかも才能に満ち溢れた若者だ。周りが放っておかない。

分かっていたはずだし、彼を可愛いと思っているなら喜んでやらなければならない。

しかし真千は今、下ろしたてのワイシャツにコーヒーの染みを付けてしまったような、とても不愉快な気分になっていた。

美しい女性だった。形より何歳か年上に見えたが、まだどこか子供っぽい形を任せるには丁度いい。お似合いだ。だがちくしょう、「いいじゃないか」「付き合ってみなさい」なんて言葉がこれっぽっちも出てこなかった。

しかも、お前の結婚話に俺が口を挟んでどうする、などと、形が傷つくようなことをわざと言った。

なんなんだこの気持ちは……と、狼狽えるほど若くはない。そんなの分かってる。

だが、自然に自覚するのではなく、現実を突きつけられて思い知らされるとは思っていなかった。

手塩に掛けて育ててきた美しいオオカミを、横からかっ攫われる。

そんなこと、誰が許すか。形は俺のものだ。

腹の奥底に厳重にしまっていた感情が勝手に溢れ出て、真千を混乱させる。

「真千さん」

何も言わずにひたすら歩き続けていた形が立ち止まり、いきなり振り返った。

「おう」

「俺の好きな人は真千さんだって言わずに我慢できた。言ったら騒ぎになると思って我慢したんだ。俺を褒めて」

「気を遣えるようになって幸いだ」

「それと、あの金髪女子と結婚しないから安心して」

「いや別に……それはお前のことだから」

自分でも、可愛くない言い方だなと思う。だが今は、これが精一杯だ。

「…………別に、真千さんのその態度は予想できてるから怒ったりしないけど」

「そうか」

「だから、家に帰ったらセックスさせてよ」

「は？」

「満月でなくても、俺は真千さんとセックスしたいんだけど」

「待て」

焦る真千のスマートフォンに着信が入る。相手は勤め先のボス。オーナーの会堂だった。

「はい、滝沢です。…………え？　あ、はい。分かりました。では、一時間後に」

用事だけ言って切れた電話に首を傾げていたら、形が「誰？」と不機嫌な顔で聞いてくる。

「会堂さんだ。帰国は来週だと思ってたんだけど……今からちょっと会ってくる」

形のことを考えると頭の中が混乱するから、仕事の話で冷静になりたい。

真千は内心安堵しながらそう言った。

「だったら俺も行く。オーナーに挨拶する」

「大事な話だから二人きりでと言われた。おそらく、今進めている新しい展覧会のことだと思う」

会堂は柄にもなく焦っていて、とにかくオフィスに来てくれと言っていた。

「……一緒に行っちゃだめ？　大人しくしてるから」

小首を傾げておねだりされてもだめだ。凄く可愛いポーズに心が揺れるが、仕事の話に集中したいので形は連れてはいけない。

「だめだ。帰りなさい」

「傷心の俺を放置して仕事かよ」

路上で思いきり拗ねる二十歳児を見つめ、真千は小さなため息をつく。

「我慢しなさい。帰宅したら話を聞いてやる」

「晩ご飯は？」

「鍋にシチューが入ってるし、米も炊いてある」

すると形は「シチューにご飯はちょっと嫌だ」とふて腐れる。

「我が儘を言うな。じゃあ俺は急ぐから」

「俺も行く！」

地下鉄の最寄り駅に向かう真千の後ろから、形が慌てて走りながら付いてくる。

昔はよく、ランドセルを背負った形が、高校に向かう真千のあとを半べそかきながら追いかけてきた。「まさゆきちゃん、俺と一緒に行こう」「置いてかないで」と大声を出しながら、集団登校の列からはみ出て付いてきた。

今は一人になりたい俺の気持ちなんて、お前に分かるはずもないしなあ……。

真千は形を振り返って「ほんと、仕方のない奴だな」と困り顔で笑う。

「俺は決して諦めない男だし！」

「大人しくしてろよ？」

「分かってる。挨拶だけしてあとは黙ってる」

ああもう、俺はなんて甘いんだ。形の我が儘を叱るどころか許してる。さっきの「結婚相手」に動揺している。

真千は形の頭を撫でて「分かっていればいい」と言った。

こんな風に、形の頭を撫でる権利を失いたくない。これからも甘えさせて、我が儘を聞いてやりたい。すべてを「結婚相手」に譲りたくない。本当に、自分は狡い。

この気持ちを声に出したら、少しは楽になるんだろうか。きっと形は喜んで「俺が守るから」と宣言するに決まっている。彼の嬉しそうな笑顔も容易に浮かぶ。

でもだめだ。形を手放したくないくせに、声にする勇気がない。

悔しいが不戦敗なんだろうな、と真千は思った。

名乗りを上げて、彼女と同じ土俵に上がることはできない。見守るだけ。大事に大事に育てて、自分だけを好きだと言ってくれる存在を、笑顔で差し出すことになるなんて思ってもみなかった。形は俺のだと、一生傍にいるのだと、声を大にして言いたいのに、年長者としてのプライドがすべてを邪魔する。

もし。

もし自分がオオカミの獣之人ならば話は違っていたかもしれないが、そんなもしは考えるだけ無駄だ。

「真千さん」

「なんだ?」

「俺が好きなのは真千さんだけだから。真千さんだけがほしいから」

今にもオオカミ耳と尻尾が出てきそうな切羽詰まった表情で、形が言う。バカだなこいつ。でも可愛くて仕方ない。

「何を焦ってんだよ」

「真千さんにちゃんと伝えておかないとだめだって思ってる。察してくれなんてそんな傲慢なこと言わない。だから、俺のことはなんとも思ってないって顔、しないで」

ぴょこんと耳が出て、形が慌てて両手で耳を押さえる。

お前のことをなんとも思ってないだと？　バカだな。お前はバカだな。勝ち目のない競争相手を前にして、俺はようやく気づいたんだよ。ああそうだ、俺もバカだな。

形を見ていると無性に胸の奥がキリキリと痛み、ぎゅっと体を絞られていくような苦しさを感じる。

「お前のことはちゃんと考えてるから、いい年をして泣きそうな顔はするな。そして落ち着きなさい」

偉そうに、優位に立っていると見せかけて。心の中じゃ不安に絞め殺されそうになっているくせに、真千はわざと冷静に言った。

「……はい」

「深呼吸して心を落ち着かせろ。そうしたら耳は消えるから」

「そうだった。真千さんが俺のことをちゃんと考えないはずがなかった……」

形がゆっくりと頭から手を放すと、耳は綺麗に消えていた。

「よし、いい子だ」

真千は軽く頷いて、再び歩き出す。

「俺は大人なの？　子供なの？　どっちなんだよ」

「時と場合によって変わるな。今は八十パーセントが子供だ」

するとと形が「それ酷い」と言って笑った。


ギャラリーの一階下にあるギャラリー・駿のオフィスは、モデルルームのお手本のように美しく、整理整頓されていた。

そして壁には、形が描いた、曲線だけで表現された海と空の絵が飾られている。タイトルの「春の海と空」は何枚か描いている同じタイトルの絵のうちの一枚で、描かれた年月日で区別している。評論家の数だけ好評を得た、形の代表作の一つ。

「久し振りに会うね、形君。元気かい？」

「はい。会堂さんもお元気で何よりです」

真顔の社交辞令に、会堂は小さく笑って「何か飲む？」と尋ねた。

「いいえ。今日の俺はオブジェなので、気にせず真千さんと話をしてください。口を挟んだりしません」

そう言って、形はソファの端っこに腰を下ろしてスマートフォンに視線を落とす。

「あー……、それでいいのかな？　滝沢君」

「はい、会堂さん。帰国はもっと先だと思っていたので、連絡をもらって少し驚きました」

「だよね。俺も、まさか、こんなことになるとは……」

会堂が複雑な表情を浮かべて真千を見た。

「君のお父さん、真隆さんには昔から世話になってるから、こんな理不尽は勧めたくないんだけど、馬友達に、会うだけでいいからお願いするよと言われてしまってね」

馬友達とは、ワールドワイドに馬を愛する十年来の友人たちのことで、みんなで世界中の競馬場に足を運んだり、牧場に見学に行ったりしている。

回りくどくて話が見えない。

真千は「何を言いたいんですか？」と言った。

「ハッキリ言おう。君に見合いをしてほしいんだ」

「えっ！」

口を挟みませんと言った形が、もの凄い勢いで立ち上がった。

「俺の真千さんが見合いだなんてっ！　そんなの、俺が許さないよ！　会堂さんっ！」

先に騒がれてしまうと、当事者は冷静になる。

真千は「相手と、理由を教えてください」と静かに言った。

「とてもバカバカしい事情なんだが、動機はシンプルだ。荒柴先生が君とお付き合いをしたくて、自分の顧客に働きかけた。その顧客は荒柴先生の大ファンでうちの大事なお客様でもある。しかも俺の馬友達だ。馬はいいぞ。可愛いぞ。……で、大事な馬友達に頼まれては、私も無下にはできない。なので、荒柴先生と『お友達』から始めてみてくれないか？」

会堂もうんざりしているのか、ほぼ棒読みで一気にまくし立てる。

「はあ――――っ？　真千さんは将来俺の恋人になる人なので、他の人間と見合いも付き合いもしませんっ！　しかも、よりによって荒柴だって？　絶対にだめっ！　だめったらだめっ！」

仕事の話に口は挟まないが、恋愛となれば別だ。

形が大声ですべてを否定する。

「形、静かにしなさい」

「無理っ！　会堂さんだって分かってるよね？　俺が真千さんが好きだってこと！」

耳と尻尾を出す勢いでギャンギャン吠える形を「静かにしなさい」と叱りながら、会堂を見ると、彼は両手を上げて「分かってるよ」というジェスチャーをした。

それを今知った真千は、目をまん丸にする。

「は？　え？　どういうことですか？　会堂さん」

「いやだって、この子は分かりやすいじゃないか。うちの会社は社員のプライベートは気にしないから頑張って。いや、今はちょっとだめか。どうする？　荒柴先生のこと」

会堂は腕を組んで自分のデスクに凭れると、話をさくっと元に戻した。

「無理です。お断りします」

「あのな、とりあえずお友達から付き合いを始めて、それから振ってくれる？　俺の立場も考えてくれると嬉しい」

お友達から……なんて、聞いたのは今日は二度目だ。最悪。

真千は頬を引きつらせて「なんでこんなことに」と心の中で悪態をつく。

「あのバカ、やっていい冗談とだめな冗談も分からないのか。どれだけ俺をからかえば気が済むんだろう」

「真千、それ、違う。荒柴先生は本気でお前のことが好きなんだよ。しかもあの人、手段を選ばないタイプ。使えるものはなんでも使う」

「…………迷惑なので、引導を渡します」

「それはちょっと待ってくれ。今進めているプロジェクトのメインが彼だから。すでに大金が動いている。ここで彼にへそを曲げられても困るんだよ」

会堂がいろんなしがらみで板挟みになっているのは分かるし、気の毒だとは思う。

真千は暫く考えて、口を開いた。

「お守りでいいですか？　それ以外は無理です」

「うん、それでいい。甘やかしはお前の得意なところだろ？　そして真千なら自分の貞操はしっかり守れると信じてる」

「………荒柴はどうにでも対処します」

「ほんと、ゴメン。給料アップの査定は期待してくれていい」

「ありがとうございます」

商談成立、とばかりに頷いたところで、形がまたギャンギャン吠えた。

「なんでそうなるんだよ！　もう最悪！　俺と真千さんにそんな試練はいらないから！

真千さんも、そこで頷かないでよっ！」

「静かになさい。俺と荒柴で間違いが起きるはずがない」

「向こうが起こそうとしてるんだよ！」

「起きないよ、絶対に」

真千は形の両肩に手を置いて、「約束する」と言った。

「……ほんと？」

「お前ぐらい可愛かったら別だけど、あの男にこんな可愛らしさはないからな」

「俺、可愛くてよかった！」

パアァァ……と、顔の周りに擬音が見えるほどの笑みを浮かべる形を、真千はよしよし
と撫でる。

「お前たち、それでなんで付き合ってないの？」

会堂の突っ込みに、真千は「プライベートな質問にはノーコメントです」と言った。

「お前って、そんなに男にモテるタイプだったのか？　父さんはビックリだよ。ところで形を弄(もてあそ)んだら何森さんに顔向けできないからやめてね。ちゃんと責任を取りなさい。父さんは祝福するから」

荒柴とのことはギャラリーのことでもあるからと、父に報告したのが間違いだった。父はパソコンで作業しながら「あはは」と笑う。こっちを見向きもしない。

真千は「芸術家って奴は」と心の中で舌打ちし、「自分でどうにかなる事案だから」と言い返す。

「さっさと形に決めておけば、こんな面倒臭いことにはならなかったのに」

「父さんは、我が子に茨(いばら)の道を歩ませるのか？」

「本人がいいなら、別に構わないでしょ。というか、ちゃんと自覚してるじゃないか。よかったよかった」

自覚、という言葉に思わず顔が赤くなった。

「自覚したのは今日だよ！　したくなかったのに、目の前に美女が現れて、それが形の結婚相手と言われたんだ。……俺だって焦る」

「その、形の結婚相手がやってこなかったら、一生今のままでいるつもりだったとか？　そんなことが出来ると思っていたのか、真千？　形は美しい獣之人だ。同種の女性は子孫を増やしたくて仕方がないだろう」

　そんなことは分かっている。でも、形がいつも自分を一番に考えているから、手放しで甘えてくるから、彼の結婚なんていう未来が現実になると思えなかった。

　真隆がようやくモニターから顔を上げ、じっと真千を見た。

「何？」

「息子の恋路に口を出したくはないんだけど、腹をくくった方がいいんじゃないか？　お前が腹の中に抱えている感情を声に出せ。そして形を受け入れるなり振るなりしなさい。何も言わずにいつまでも繋ぎ止めておくのは卑怯だ」

　ぐうの音も出ないとはこのことか。

　後回しにしていたものを、目の前に引っ張り出して見せつけてくる。

「そうでないと、きっと、次の満月に形に噛み殺されるぞ？　この家から被害者と加害者が出てしまう。そしたら俺は、曰く付きの画家となって、一層有名になっちゃうからな。そしてお前らの話は将来映画化だ」

　待って。途中までシリアスだったのに、最後はそこに着地かよ。

　真千は父を睨んで「真面目な話じゃなかったのかよ」と突っ込みを入れる。

「真面目だよ。大真面目さ。だから頑張れ。と言っても俺は形の味方だからな。形の愛には夢とロマンがある。そして俺はハッピーエンドが好きなんだよ、真千」

「俺だってハッピーエンドが好きだよ」

そう言ってやったら、真隆は「それはよかった」とにっこり笑った。

「それとね、真千。何森さんは形の幸せを本当に願っているからこその、あの行動だ」

「分かってる。怒ってるのは形だけだ」

「じゃあもう、俺が言うことはない」

真隆は視線をモニターに移し、仕事モードになる。

これ以上ここにいるのは父の邪魔になると、真千は静かにアトリエを出た。


腹が減ったと駄々を捏ねる形のために、真千は着替えを後回しにして、スーツとネクタイをソファに放り、ワイシャツの袖を捲り上げた。

形はスーツ姿のまま、ダイニングテーブルに腰を下ろしてひたすら待つ姿勢を取っている。

グラタン皿の中にまずご飯を入れ、レトルトのミートソースをかける。そこに溶けるチーズを載せ、上から冷たいシチューをかける。その上にまたしても溶けるチーズをたっぷりと載せてオーブンで焼く。

出来上がったのは二色ソースのドリア。

チーズが溶けたこんがりキツネ色は素晴らしいほどフォトジェニックで、立ち上る湯気は旨さの証明のようだ。最後に乾燥パセリを散らして出来上がり。あんなに「シチューにご飯は」と文句を言っていた形も、「はわわ」と変な声を上げて目を輝かせ、オオカミ耳と尻尾を出して、「これ美味しい」と言いながらあっという間に食べ終えた。

「あり合わせだったけど、喜んでもらえてよかった。まだ少し残っているシチューにはマカロニを入れて、クリームコロッケを作る」

明日は日曜だから、のんびりコロッケを作るのもいいだろう。

「それ、俺の好きなコロッケ！　クリームコロッケ！」

「知ってる」

「俺……今日は嫌なことばっかりだったけど、真千さんとこうして晩ご飯が食べられたし、明日は俺の好きなコロッケを作ってくれるし……結局は嬉しい一日で終わりそう」

「そっか……」

「ただ、真千さんが荒柴のお守りをするっていうのは、大反対だけどね。ほんと、最悪だよ。俺が毎日傍にいたいくらい。…………だから毎日噛んでいい？　甘噛みして噛みマーク付ければ、絶対に大丈夫」

無邪気な笑顔で言うな、このバカ。

真千はお茶を飲みながら心の中で悪態をつく。

噛みつかれるのは、癖になりそうで怖い。あの、皮膚を貫くプツリという音を心地いいと思ってしまったら終わりだ。でも、その「終わり」を待っている自分もいる。

目の前にいるのは、綺麗なオオカミの獣之人で、どうしようもないほど愛情を注がれているのは分かる。だって真千は、それ以上の愛情を注いで形を育ててきた。

愛は愛で計れるのだ。

「形」

金色の髪を持った、美しく堂々とした雌オオカミが、大事に大事に育てた雄オオカミを攫っていくと想像しただけで、怒りで何も考えられなくなる。

ずっと傍にいると思っていたのに、そうではないのだと分かった瞬間が、憎らしかった。

もう知らんふりはできない。

放置していた感情を声に出してしまわなければと焦る。

「洗い物なら俺がする。真千さんはゆっくりしていればいい」

「いや、そうじゃなく。その……お前、満月でなくても、痕が付くほど噛めるのか？」

「うん」

「血が出るほど?」

　すると形は身を乗り出して、笑顔で「できるよ」と囁いた。

「満月でなくても、発情すれば牙は鋭くなる」

「……どうやって、発情、するんだ?」

「そんなの簡単だ。好きな相手と、こうして、キスができるほど近づいて……」

　チュッと、形の唇が真千の唇に触れる。

「おい」

「こんな風にキスをすれは、俺はすぐに発情することができる。聞いたのは真千さんだけど、俺を発情させてどうしたいの?」

　ニヤリと笑う形を見ていられずに視線を外し、真千は俯いた。

「悔しいんだけどな、こんなの。慌てて、焦って、みっともないし。俺、お前より七歳も年上なのに」

　耳が熱くなる。きっと赤い。顔も赤くなっていると思う。

　真千は形の視線から逃れるように、右手で顔を覆った。

「ここまできて、ようやく、腰を上げるなんて、俺の尻はどんだけ重いのかと思う。でも、取られたくないいんだ」

「真千さん……?」

「あんな綺麗で魅力的な女性と対決しようなんて、俺はバカだ。もうバカでいい。俺はお前を誰にも渡したくない。ずっと傍に置きたい。俺も傍にいたい」

「それ、どういう意味で言ってる？　ねえ、家族的な意味で放したくない？　それとも性的な意味で？　どっち？」

　形の両手に頭を摑まれ、強引に顔を上に向けさせられる。

「それは、その……、性的な、意味で、になるかな。形をあの女性に取られたくないんだ。今、こんなことを言うつもりはなかった。俺は、今までお前の世話をしてきた。でも、十数年間育てて、一緒に暮らしてきたから大丈夫、取られないって自信、これっぽっちもない。もっと落ち着いていなきゃいけないのに、焦って告白するなんてみっともない。告白するにしても、もっと日にちを置いて……それからにしたかったのに」

　こんなみっともない姿を形に見せたくなかった。

けれど真千はもう、我慢できなかった。

「俺、真千さんのそういうところも好きだよ。みっともなくない。俺は嬉しいよ。ずっとずっと真千さんのことが好きなんだ。エミリアには逆に感謝しかない。真千さんがようやく俺に告白してくれた」

「う……………」

「真千さんは、エミリアに俺を取られると思って、だからいきなり告白してくれたんだよね？　でも俺が真千さん以外を好きになるはずないっての。信用ないなー……」

「あ、あんな綺麗な女性で、しかもお前と同じ獣之人だぞ？　俺が勝てると思うか」

言ってから失敗したと気づく。

形はそれはそれは嬉しそうな顔で微笑み、「真千さんは最初から勝ってるのに」と言った。

「俺、今日で死ぬんじゃないかって思うほど嬉しい。大好きだよ、真千さん。俺と一生添い遂げてね。浮気は絶対にしないから真千さんもしないで」

「しない。絶対しない」

形の立派な尻尾が、もふんと揺れる。可愛い。可愛くて、どうしようもないほど可愛くて、本体なんか可愛すぎて絶対に手放せない。

「くっそ……自分の弟みたいに育てた相手なのに、なんで、俺は」

「自分好みに育てたってことでいいんじゃない？　ほら、よくある話だよ。俺、真千さん好みに可愛く育ったよね？　しかも才能もあるし、凄くない？」

ああたしかにな。

真千は「凄いよ、お前。こんなに可愛いのに、お前に噛んでもらいたくて、たまらない」と言って、形の首に両手を回す。

「真千さんは俺の月だね。こんな衝動、満月以外、ないよ。俺の番の相手。俺の満月、なんなの、もう、大好き……っ！」

　ガッと、もの凄い勢いで体が宙に浮いた。

　真千は形に抱きかかえられて移動していた。

「形？　おい、テーブル、片づけてない」

「あとで全部俺がやるから、だから今は、黙って。頼むから、俺の言うこと聞いて」

　形の体が熱い。

　いつもふわりとした柔らかな髪が逆立ち、尻尾もずいぶん大きく見える。

　それだけで、自分たちがこれから何をするのかすぐ分かる。

　本当なら、形を窘める立場なのにできない。真千は、自分も今すぐ形と重なりもつれ合いたかった。性急すぎて恥ずかしいが、衝動が止まらない。

「なあ、俺、風呂に入りたい」

「だめ。真千さんの匂いが消える」

「あ、明日……」

「うん？」

「コロッケ、明日の夕方、作るから……」

「分かってる。それまで、ずっと二人きりで気持ちよくなろう？」

　妙に大人びた視線を向けられて、真千は首まで真っ赤になった。

暖房の入っていない形の部屋は寒いはずなのに、今は寒さを感じなかった。

ベッドに放られた真千は、興奮して震える手でシャツのボタンを外し、スラックスを脱ぐ。

満月の衝動で噛まれた傷はもうどこにもない。

でもまた、新たな傷を付けてもらえる。

「お前、も。ほら」

形のスーツを脱がして、ネクタイを緩める。

「慣れた手つきが、ちょっと悔しい」

「バカ。仕事でスーツを着てるから覚えただけだ」

「そっか。ねえ、これって……夢じゃないよね？」

形が、自分を押し倒しながら真顔で聞いてくる。バカだな。バカで可愛い。

「違うよ。ほら、ちゃんと触って、噛んでみろ」

「まさゆき、愛してる。大好き」

形の唇が首筋に触れる。何度も丁寧に舐められて、それから、カプリと甘噛みされた。

「なあ、それでいいのか？　もっと強く噛んでもいいんだぞ？」

「ねえ、これ以上俺を煽ったら、ほんとのオオカミになっちゃうよ？」

「え？　なったこと……あるのか？　俺、見たことない」

「なったことないよ。でも、なりそうで怖い」

形の両親は以前、立派なオオカミの姿を見せてくれたが、形は、まだその姿に変化したことはない。

「そ、そう、だな……いくら形だと分かっていても、その、オオカミとするのは……」

ハードルが高いし、本当に食われそうで怖かった。

「俺だって嫌だ。初めては人の姿でまさゆきを感じたい。まさゆきをめちゃくちゃ堪能したいし、体中舐めて、感じさせて、可愛くしてあげたいんだから」

形のオオカミ耳がきゅっと前を向き、興奮した尻尾は緩く左右に揺れている。

キラキラと輝く琥珀色の瞳で見つめられて、真千はそれだけで達しそうになった。

お前、今でも充分オオカミだ。

「形、俺を、早く」

気持ちよくしてくれ、と唇を動かした次の瞬間、乱暴に口づけられた。

鋭利な牙で唇が切れ、血生臭いキスを交わす。傷を舌で舐められただけで陰茎は硬く勃起し、下着にねっとりと染みを作るのが分かった。

はあはあと荒い息を吐いて、舌先を絡めては吸い合う。

形は真千が初めての相手だというのに、最初のキスからずいぶん上手くなった。

こんなところで学習能力を発揮してどうする気だと、文句を言ってやりたい。セックスの経験のある自分の方が押されるなんて悔しい。

「まさゆき、まさゆき……っ」

形の唇が徐々に下に下りてきて、首筋を舐めた。何度も舐められ甘噛みを繰り返す彼の動きは、味見に似ている気がした。

「もっと、別のところも舐めていい？」

答えづらいから、いちいち聞かないでほしい。

真千が唇を噛んで答えずにいると、形がなおも「いい？」と聞いてくる。

「す、好きに、しろ」

「分かった。俺、まさゆきの体、全部、舐める」

「え、それは、ちょっと……」

待て、と言う前に、覆い被さって乳首に吸い付かれた。

ただ強く吸うだけでなく、舌先で乳頭を突かれたりくすぐられて、そのたびにガクガクと腰が揺れる。

恥ずかしい染みが下着に広がっていく。

舐めるのが上手いところも感じてしまうのか、今まで乳首で感じたことのない真千は、「はあ」と切ない吐息を漏らして快感を外に逃がす。

「まさゆきの乳首、可愛い。すぐ硬くなってコリコリしてくる」

「いちいち、言うなよ」

「すぐに反応してくれるのが嬉しくて」

俺は恥ずかしい……っ！

変な声が出そうになって唇を噛んでいたのに、いきなり脇を舐められて「ひゃっ」と声が出た。

「そんなところ、舐めるな……っ」

「嫌だ」

シャワーを浴びていないのに、匂いが籠もる場所を舐められるなんて羞恥にも程がある。

なのに、真千の体はそれをじわじわと快感に変えていった。

「形、そこ、だめ、だ……、形」

「こんなに気持ちいい顔をしてるのに？　もう少し、舐めたい」

大きな耳と柔らかな髪がこそばゆい。形は、まるで甘えるように脇に顔を押しつけてくる。

ただ舐められているだけで、こんなに気持ちよくなれる。

形の舌が、ようやく脇から離れて下腹に向かった。

何度も痕をつけるように強く吸い、へその中に舌を差し込んでくすぐってくる。

「は、ぁ、あっ、そこ、だめ」

「こんな小さな穴なのに、気持ちいいんだ？」

形がへそに唾液を垂らし、指を入れて小刻みに動かした。

「あ、あっ、だめだ、形、それ、だめ」

指が動くたびに、ぴちゃぴちゃと湿った音が響いて、そこでセックスをしているような気分になる。くすぐったくて、いやらしい音に耳を犯される。

初めてセックスをする形が、こんないやらしいことをするなんて。

「可愛い。俺の指、まさゆきのへそに食べられちゃうよ。くちゅくちゅ動いて、柔らかいね。もっと奥に突っ込んだら、お腹の中に入っちゃう？」

「あ、あ、あっ」

囁き声と一緒に指を動かされると、下腹の中がきゅっと切なくなる。もっと違うところを弄って、舐めて、気持ちよくしてほしい。

腰が浮いて、形の目にしとどに濡れた下着が映る。

「俺が一番舐めたい場所がある。ねえ、まさゆき、二十七歳なのに、こんなにパンツを濡らして可愛い。気持ちよくて、いっぱい濡れちゃったね」

下着越しにキスされた。

先走りで濡れた下着なのに気にもせず、何度も、勃起した真千の性器の形を辿るように、キスを繰り返して、股間に顔を埋めた。

「け、形っ！　形、それは、恥ずかしい……っ」

「まさゆきの匂いを嗅ぎたくて。エッチで、甘くて、凄くいい匂い。俺の大好きな匂い。もっと嗅ぎたい」

ゆっくりと下着を下ろされていく。形の顔がそこに近づく。真千は拒むことができないどころか、彼が下着を脱がしやすいように腰を浮かせた。

「脚、もっと広げて。こっちも舐めたい。ね、まさゆき？　俺に全部見せて。いっぱい、可愛くしてあげるから」

優しくあやす声に、どっちが年上なのか分からない。

真千は形に促されて両脚をM字に大きく開く。

腰が浮いたままなので、後孔まで晒すことになった。

形がゴクリと喉を鳴らし、ねっとりと先走りを溢れさせている真千の陰茎を咥えた。

牙で傷つけられたらどうしようかと恐怖心が湧いたが、それも一瞬だけで、すぐに彼の舌の動きに魅了された。

でも、どんなに気持ちよく舐めてくれても、射精はさせてくれない。あと少しのところで放り出されてしまう。

今も、舌先で鈴口を責められて、よすぎて切ない。

「形、も、俺、出したい、出したいよ、そこ、弄られたら、も、切ない」

肉茎を舐められながら亀頭を指の腹でリズミカルに叩かれるたびに、弾けるような快感が腰から背筋を駆け上がる。

「んー……まだ、だめ。ここ、叩くだけで、まさゆきは凄く可愛い顔になるから。もっと可愛くしてあげたい」

「や、やだ、も、形、叩くの、やだ。さきっぽ、やだ」

小刻みに亀頭を叩かれて、気持ちよくて涙が出る。このまま、もっと強く叩いて射精させてほしい。そう思っているのに、形の指は意地悪く途中で動きを止めてしまう。

「今のまさゆき、凄く可愛い顔になってる。可愛い。もっと可愛くなって？　ね？　恥ずかしいことなんかない」

「もっと、強く、叩いて。形、頼む。俺、出したい」

「出すのは最後だよ。俺、もっとこっち、舐めたい。まさゆきの綺麗な背中」

そこじゃないのに。

真千は体をひっくり返されて俯せになる。すると形が嬉しそうに背中を舐め始めた。

新しいオモチャを見つけたように、時折うなじを甘噛みしたり、肩を噛んだりされるとビクンとなる。背後から襲われている感が強くて、少し怖い。

「酷いことはしないよ」

「ん、んっ、ぅ」

あ、乳首を弄ってくるのは狡い。背中を舐めながら、そんな器用なことをするなと、真千は掠れた声を上げながら首を左右に振った。

何カ所も同時に弄られるのが気持ちいいなんて言ったら、もっと大変なことになりそうだけど、大変なことをされてみたい。

「形、気持ちいい」

「ん？　甘噛みされながら乳首弄られるの好き？」

「好き」

顔が見えないなら、恥ずかしいことも言える。

そうしたら形が「まさゆきはエロい。凄いエッチ。俺の初めての人がこんなにエッチで、どうしよう」と嬉しそうに笑った。

「ばか、最初で最後だろ」

「うん。エッチなまさゆきが可愛くて、ちょっと浮かれた」

形に耳朶（じだ）を甘噛みされながら「可愛い」と何度も囁かれる。

二十七歳の自分でも本当に可愛いのかもしれないと、そう思ってしまうほど「可愛い」

と囁かれて、心の奥から気持ちよくなっていく。

そうなると体も現金なもので、形に甘く囁かれるたびに過敏に反応していく。

「ああ、くっそ」

「どうしたの？」

「やだ、お前、初めてのくせに、俺の気持ちいいとこばっかり触る」

「だって、さあ。俺、何年まさゆきを見てると思ってんの？　分からない方がおかしい」

「……………そうか」

「うん。だからね、もっともっと可愛くしてあげるよ」

乳首を責めていた指が離れ、腰を摑まれた。

尻を高く突き出す格好だけでも恥ずかしいのに、形にそこを押し広げられる。

「形、あのな、そこは」

「だめだよ。俺、まさゆきを可愛くしたい」

形の吐息が尻にかかり、恥ずかしさの極地に達する。こんなことさせたいわけじゃないのに、舐められて感じてしまう。

形はどれだけ嬉しいのか、時折小さく笑いながら舌と唇で真千を責めていく。

「まさゆきは、セックスのときに、ここ、舐めてもらったことある？」

会陰(えいん)から後孔を丁寧に舐めながら、形が尋ねる。

「ばか、あるかよ」

「じゃあ、俺が初めてなんだ。嬉しい。まさゆきのお尻、俺に舐めてもらって気持ちよくなってるね？　こんなに柔らかくなって、中は、凄く熱い」

「は、ぁ、ああ、あ、あ、あっ」

舐められながら指を突っ込まれて、くちゅくちゅと動かされて気持ちいい。

もっとしてほしくて腰がゆるゆる動いてしまう。

形が「腰揺らして可愛い」と言ってくれるから、もっと動かしてしまう。形に弄ってもらうのが気持ちよくて、どうしようもない。

「形、気持ち、いい」

「素直なまさゆきが可愛い。もっと気持ちよくなろうね？」

後孔に二本目の指が挿入されて、中を広げるように動いた。指を二本も飲み込んだ後孔にちゅ、ちゅとキスをされて「あぁ」と切ない声が出る。

そこに、ひやりとした液体が流れ落ちた。

「形？」

「ローション使わないと、まさゆきが辛いから。ごめん、ちょっと冷たかったね」

片手で器用にローションを垂らし、後孔に馴染ませるように指を動かす。急に滑りがよくなったせいで、真千のそこは三本目の指を難なく飲み込んだ。

「あ」

「こっちも、とろとろにしちゃおうか」

「あ、こら、いきなりっ、ひゃ、あ、あああっ」

ローションで濡れた形の左手が真千の陰茎を摑み、さっきと同じように亀頭を擦り、優しく叩き始めた。

後孔が飲み込んだ三本の指も動き出す。

「ひっ、ぁ、ああ。形、ああ」

「凄く気持ちいいね？　まさゆき。可愛い」

「形、も、いいから、中、辛いんだ、腹の中、足りない」

指で弄られるたびに腹の中が切なくなる。指ではなく、もっと太い別のもので突き上げ、ぴったりと収めてほしくなった。

そんなことを思ってしまうのは、きっと、形のせいだ。

「お前と番になりたい。だから形、早く」

「うん。待って、俺も、ちょっと……焦ってる」

形の指が真千から離れ、カチャカチャとベルトを弄る音が聞こえた。

「最初から、全部脱いでおけばよかった。面倒臭い」

そう言って、形はスラックスと下着をベッドの下に放り投げる。

「形」

真千は熱い吐息を吐きながらゆっくりと体を起こし、ベッドの上で膝立ちしている形に近づくと、彼の股間に顔を埋めた。

扱いてやったときも思ったが、太くて、大きくて、でも、綺麗に剝けた陰茎は全体的に色が薄くて、経験がないのだとすぐに分かる。なんて可愛いんだろう。形を口に入れて気持ちよくしてやる。俺が初めてのフェラをする。誰にも譲らない。

「まさゆき？　え？　いいの？　凄く、気持ちいい」

こんなことは生まれて初めてだが、でも、同じ男の体なら感じるところは同じだろうと、真千は懸命に舌を這わせ、唇で扱いてやる。

「気持ち、いいよ。まさゆき。初めて、フェラ、してくれるの、嬉しい」

形が喜んでくれることをしてやりたい。気持ちよくなってほしい。

よしよしと、いつも自分が撫でてやるように頭を撫でられて、真千は形に対する愛しさで胸がいっぱいになる。

「まさゆき。ありがとう」

もっと舐めていたいのに、形が腰を引いて陰茎を抜いてしまった。

「もっと上手ければいいんだろうが……。下手で、悪かった」

「上手かったら怒るからね？　俺。それに、ほら、俺、最初は……まさゆきの中に出したいんだ。俺の初めて、フェラ以外でももらってよ。ね？」

「あ、ああ、そうだな。お前の童貞……もらってやるよ」

偉そうなのは口だけだ。

形はもう、初めてでも真千を喜ばせる術を知っている。

「顔、見たいから。このままでいい？」

「ん。お前の好きにしてくれ」

仰向けに寝転んで脚を大きく広げると、形がその間に入ってきて、腰を高く掬われた。

「力、抜いて。今から、入れる」

後孔にぴたりと押しつけられた陰茎が、ゆっくりと中に入ってくる。すっかり柔らかくなった場所は難なく陰茎を飲み込むが、それでも、真千は圧迫感に呻き声を上げた。

「痛い？」

「それは、平気。ただ、内臓を押されてるみたいで、ちょっと苦しい」

「位置、ちょっと変えてみる」

そう言って形が動いて位置を変えると、さっきより楽になった。

「平気、だ。ああ、お前のデカいから、中に入ってるの分かるよ」

真千は形を見上げて、下腹を撫でながら「ここらへん？」と笑う。

「気持ちいい、か？　俺の中」

「ほんと、俺、気持ちよくて、死にそう。まさゆきと番になれた。もう放さない。絶対に放さない。死ぬまで一緒だからね？　分かってる？」

「分かってる。ずいぶんと待たせたな」

「ほんとだよ！」

形が泣き笑いの顔で言い、真千は両手を伸ばしてそんな彼の頭を乱暴に撫でる。

柔らかな髪も大きなオオカミ耳も、いっしょくたにして掻き回し、撫で回し、最後に顔を引き寄せて、何度も啄むキスをした。

「そろそろ、動いていい？」

「あ、ああ。いいぞ」

形が初めてなら自分がコントロールしてやればいい。こういうことは異性としても同性としても、きっと同じだ。

そう思っていたのに。

形が動き出したら、真千は彼にしがみつくしかなかった。

感じる場所ばかり突き上げられて、よすぎて涙が出る。口からは「だめ」としか言葉が出て来ない。

「形、待って、形、激しい、から、ちょっと、ゆっくり……っ」

「俺、我慢できない。噛みたい。噛みながら射精したいよ」

さっきまで嬉しそうに真千を翻弄していたのに、いざ自分が挿入すると余裕がない。その余裕のなさが可愛くて、真千は形の額に浮かんだ汗を自分の指で拭ってやる。

「噛んでいいから。もっと、ゆっくりしてくれ。俺だって、初めてなんだから」

「うん。まさゆきの処女、もらったんだ。このまま、孕んでくれないかな」

形が真剣な顔で言ったので、「それは無理だよ」と言えずに、曖昧な笑みを浮かべた。

「二人で、気持ちよくなろう？　な、形？　できるよな？」

「まさゆきがそう言うなら、頑張る」

形が照れくさそうに頷いて、ゆっくりと動き出す。

今度は、真千も彼に合わせて動くことができたが、これはこれでもどかしい。その気持ちが形にも伝わったようだ。

「まさゆき、気持ちよく、してあげる」

「あ、待って。俺、まだそういうのは早いんじゃないかと……」

ずくん、と体の中の感じる場所を突き上げられて、真千は悲鳴を上げた。よすぎて体の中が痺れる。快感が電流となって体の隅々まで流れていく。

「気持ち、いいよね？　俺も、凄くいい」

「あっ、こんなの、俺、初めてだから、初めてなんだから、形、だめ、俺たち、初めてなんだから、こんなの……っ」

こんな激しい快感を覚えたら、だめになってしまう。

気持ちよくて勝手に涙が出てくる。形に縋って泣きじゃくりながら、中を責められて勝手に射精してしまった。

「だめ。もっと気持ちよくなって。まさゆきの可愛い泣き顔、見せてよ」

腰を摑まれて乱暴に揺さぶられ、結合部からぐちゅぐちゅといやらしい音が響き、溢るほど注がれたローションが体液に混じって泡立つ。

「や、あ、あ、あ、あっ、また、俺、中、弄らないで、だめだ、また、精液、出るっ、形、そこ突かれたら、俺、だめ、形、形……っ！」

「俺も、もう、だめだ」

形が力任せに首筋に噛みつき、真千の皮膚に深い傷を負わせた。

「あ、あああああっ」

苦痛など感じない。噛まれた歓喜と滴る血を舐められた快感で、勢いよく伸ばした足の先がきゅっと丸まって、体が仰け反る。二度目の射精だというのに、真千の迸り(ほとばし)は激しかった。

「まさゆきっ、う、く……っ」

ぎゅっと、絞るように形の陰茎を締め付け、次の瞬間、真千の中は熱い飛沫で満たされていく。

「あ、あ……中、熱い」

「ん。まだ、出てる、から。全部、飲み込んで。孕んでよ、まさゆき」

ゆっくりと腰を動かしながら、形が気持ちよさそうに言う。彼の唇は真千の血で赤く濡れていた。

「だめ、本当に、孕む。まだ、中に入ってくるの、感じる」

「うん。たっぷり注ぎ込んでるから、きっと孕むよ。俺の子、産んでね？」

「産んだら凄いな、俺……」

笑いながらそう言うと、形は「俺、本気なんだけど」と言って、真千の首筋の傷に舌を這わせる。

「もう一回、しよう。ね？　今度は、もっと、奥に注いであげるから」

本当は、疲れたから少し休憩したい。

でも、自分を見下ろす形が「お願い」と瞳を輝かせてねだるから、「一度だけだぞ」と甘やかした。

「もっと噛んでいい？　まさゆきの体に、俺の印をたくさん付けたい」

体が繋がったまま、押さえ込まれた。

「いいよ形。お前の好きにしてくれ」

今日が日曜で、本当によかった。

真千は形のベッドの中で精根尽き果て、指先一本も動かせない。

血と精液でぐしゃぐしゃになったシーツと敷きパッドは形が新しいものと取り替えて、洗濯機に突っ込んだ。

好きに噛めと言ったのは自分だが、まさか、あんなに噛まれるとは思わなかった。

首筋やうなじ、肩だけでなく、腕や脚も噛まれた。そのあとはあとで、血の滲む傷口をひたすら舐められた。「勘弁してくれ」と言ったのにひたすら舐められ続けて、たまらず射精した。

よすぎて辛いなんて、初めての体験だ。

噛み傷は、今は大して傷が残っていないというのが凄い。獣之人の唾液は凄い。

ただ、形が「一カ所だけ、傷を残してほしい」と言ったので、左肩の噛み傷はそのままにしてある。

大きな絆創膏で隠れるし、スーツ姿なら誰かに見られることもない。

「幼稚なマーキングだが、まあいいか。許してやる」

形は今、真千の代わりに部屋の掃除や洗濯物を干すなどの雑用をやっている。そろそろ昼飯時だから、きっと料理も作ってくれるだろう。

　どんな凄い料理ができるか分からないが、ここは一つ、彼に任せようと思う。

　そのはずだったのに。

「……ピザか」

　トレイに載せて部屋に持ってきたのは、ピザの入ったケースと野菜サラダ。フライドポテトにチキンナゲット。それと、烏龍茶のペットボトルが二本。

「おじさんが頼んでくれた！　俺も賛成した。料理を作る作業は、俺とおじさんには荷が重い。キッチンは危険な場所だと思う」

　トマトベースに魚介が山ほど載ったシーフードピザと、スタンダードなマルゲリータ。ポテトとチキンナゲットのソースはハニーマスタードとバーベキュー。野菜サラダのドレッシングはフレンチ。

「たまには、こういうジャンクなものもいいか。形、そこの折りたたみテーブルをこっちに持ってきて」

「はぁい」

　デスクにトレイをひとまず置いて、形は折りたたみテーブルをベッドの横に広げた。

　丁度いい高さの上に、脂っこい昼食が所狭しと載せられる。

　真千は枕や掛け布団を背もたれにして、よっこらしょと体を起こした。

「父さんは？」

「照り焼きチキンピザを持ってアトリエに行った。うちの父さんから電話がかかってきたみたいで、真顔で話をしてる」

「あー……だろうな」

きっと形とエミリアの将来について、あれこれ話をしているのだろう。だとしたら、自分はいずれ、何森夫妻に真実を伝えることになる。

真千は烏龍茶のペットボトルを開けて、喉を潤した。

「俺にはもう真千さんという番の相手がいるから、誰とも結婚しないよ」

「そうだな。ただ、お前の両親にちゃんと説明しないといけない」

「分かってる。俺がちゃんと説明する」

形は大山を開けてシーフードピザを頬張る。熱かったらしく、はふはふと口を動かす様子が可愛い。

「ほら、ソースを垂らすな」

付属の紙ナプキンで口を拭ってやるのはいつものことなのに、形は「それはしなくていい」と言う。

「え？」

「俺、今年で二十一になる」

「おう」

「そういう甘やかしはしなくていい」

「そうか。まあ、普通に考えれば、二十歳を超えた男をベタベタ甘やかすなんてないもんな。俺も気を付けよう」

少し寂しいが、これも「親離れ」だと思えばいい。

真千は小さく頷いて、マルゲリータを一切れ摑んで囓る。

「言っておくけど、俺が勝手に甘えるのはいいんだからね？」

「は？」

「あと、真千さんは俺を甘やかすんじゃなく、俺に甘えて。番なんだから、俺に甘えて」

形の尻尾が元気よく持ち上がった。フッサフッサと緩く左右に揺れ、おそらく「甘えていい」を表現している。

そんな真剣な顔で言わないでほしい。まず無理だから。今まで甘やかしてやってた相手に甘えるとか、絶対に無理だから。

真千は微妙な表情を浮かべて、「はー、ピザ旨い」と言った。

ようやく体を動かせるようになった真千が、夕飯の支度を始めると言ってキッチンに向かった。

形は夕食もデリバリーでいいと言ったのに、真千が「一日二食もデリバリーなんかできるか」と怒ったのだ。ならば番らしく手伝ってあげなければ。

なのに真千は「お前の両手は傑作を描くことだけに使え」と言ったので、形は仕方なくリビングのソファに寝転がり、スマートフォンで友人に電話をかける。

「俺だー」

コール四回で出たのは聡介で、『どこの詐欺だよー』と突っ込みを入れられた。

「お前に報告しておこうと思って」

『うん。何?』

「真千さんと番になりました。俺の童貞をプレゼントしたと言うか、処女をもらったと言うか、とにかく最高だった。ある意味妻帯者になったので、嫁を食べさせていくためにも、これからはいろんな賞を取っていこうと思います」

『マジか、形っ！　おめでとう！　よかったな！　ずっと悩んでたもんな？　しかし、一体何があった？　きっかけがあったはずだろ。相手は真千さんなんだから』

さすがは聡介、鋭い。

形は尻尾でソファの背もたれを勢いよく叩きながら「俺の結婚相手がいきなりやってき

て、それですべてが最速に」と言った。

少し声が大きくなったが、真千は今、マカロニの入ったクリームコロッケを作るのに夢中だから大丈夫だろう。

『あー……よくある話って言ったらよくある話だけど、それを真千さんが実行したというのが凄いな。あの人もいろいろ抱えてたのかもな』

「そうみたい。でも、番になったし、これからは俺に甘えてもらおうと頑張る」

『ん？　甘えてもらう？　真千さんに難しいことさせるなよ。あの人、人を甘やかす方が好きだろう？　俺だって気持ちよく甘やかしてもらってるのに』

「それはまあ、真千さんの趣味みたいなもんだから」

『それもそうだな。真千さんに捨てられないように努力しろ』

「オオカミに捨てるとかそんなのありません。生涯一人を愛するのがオオカミです」

『でも、真千さんは人間だろ？』

「……………………あ」

『気を付けるに越したことはないと思う。頑張って最高の夫妻になれよ？　こっちはちょっと、金髪美人の登場で教室にいた連中が騒いでる。最初は先生がもの凄く高いモデルを呼んだのかと思ったけど、違うみたいで……』

聡介が笑いながら、『あ、こっち来た。じゃあな』と言って電話を切った。

金髪美人……と言ったら、形にはエミリアしか浮かばない。

まさか。

彼女の親は絵画を収集している、と言った。

「いやでも、日曜の大学で何をするんだ？　若い画家の絵を青田買いでもするのか？　いや、聡介の絵なら充分凄いが……」

気になる。心の奥がザワザワする。

いつもなら、「ちょっとひとっ走り大学まで行ってくる」と立ち上がっただろう。

だが今の形は一人で大学に走るより、真千の傍にいたかった。

「真千さん、俺、味見ならできるよ～」

耳をきゅっと揃えて真千に向け、尻尾を機嫌よく振りながらキッチンに向かう。

「え？　いや、まだ揚げてないから。あと、あまり尻尾を振り回すなよ、抜け毛！」

「じゃあブラッシングしてよ」

「あとでな…………って、お前、爪」

真千が驚いた顔で形の右手を摑み、再び「爪」と言った。

「うわ」

なんなんだこの鋭い爪は。

凶器か？　あきらかに凶器だ。猛禽（もうきん）みたいな爪だなこれ。これを出したまま獣之人の力で人間を叩けば、大怪我を負わせることができそうだ。下手すりゃ死ぬ。

目の色と同じ琥珀色の艶やかな爪。宝石のように光っている。

「凶悪だけど綺麗だな。でも、なんで今ごろ？　満月はまだ先なのに」

真千の目が、美的価値を見いだしたときと同じようにキラキラと輝いた。

「あー………多分、童貞でなくなったので、オオカミの獣之人として無事に成人したのではないかと。これ、引っ込められるよ」

形は真千の見ている前で、ひょいと爪を引っ込めてみせた。

「猫かよ！　オオカミって犬科だろ？　なのに猫かよ！」

「いやまあ、俺たちは言わば進化した生き物だから……。爪の色も、引っ込めてるときは人の爪と同じ色だ」

「まるでアクション映画のヒーローだな。いるだろ、爪出すヒーローが、アメコミで」

「俺が助けるのは真千さんだけだから、ヒーローじゃないよ」

形の独占欲に、真千が「そうだったな」と笑う。

「もしかしたら、これからもいろいろな変化が出てくるかもしれない」

「おう、そうだな」

「俺を捨てないでね？　真千さん」

「なんでそうなる。こんな可愛い生き物を誰が捨てるか。もう一匹いてもいいくらいだ」

真千の愛の言葉に胸をきゅんとさせながらも、「もう一匹」と言われて不安になる。

「俺は俺しかいないから、真千さんは俺だけ見てればいいよ」

彼の背に額を擦りつけて、尻尾を脚の間に挟んでキューンと鼻を鳴らす。

すると真千は「バカだな」と小さく笑って、左手を上げて形の頭を優しく撫でた。


翌日。

余ったコロッケは「聡介に食わせる」と言ったので、プラスチック容器に入れて弁当と一緒に形に持たせた。

真隆は珍しくきちんとした格好で、「何森さんと会ってくるよ」と言った。こんな朝から話し合いか……と思ったが、のんびり歩いて行くのだろう。

真千は靴を履き替える父の背に、「いろいろと、すまない。詳細は、俺と形で話すから」と言った。

「うん、まあ、大丈夫でしょ。ホラー映画みたいな怖いしきたりもないようだし」

「勘弁してくれ」

「大変なのはお前の方だからね。頑張って幸せを掴み取れ」

振り返った父に胸をそっと叩かれて、真千は「はい」と返事をした。

「おじさん、真千さん、俺もう、行くから！　今日は晴れだよね？　俺、自転車で行く！」

形は大きなグレーのリュックを背負い、真千を抱き締めて「行ってきます」のキスをして、素早くスニーカーを履いて玄関の戸を開けた。

「忙しない子だね」

「まあ、うん。父さんも事故に気を付けて」

「はいよ。お前も会堂によろしくな」

今度はのんびりと、真隆が家を出た。

残った真千はテーブルを片づけてから、テレビの天気予報をチェックして支度をする。

今日は冷えるからコートだけでなく、形が以前プレゼントしてくれたマフラーと手袋もはめる。

それらは形の友人が在学中に立ち上げた小物ブランドで、使い勝手は最高にいい。グレーに赤いラインが一本入ったマフラーは肌触りがよく、黒の羊皮の手袋はオーダーメイドで、真千の手の形にぴったりフィットしている。真千は特に手袋が気に入り、プレゼントとは別に色違いで二組ほど作ってもらった。

「さて、と」

火の元はチェックした。戸締まりも完璧だ。

あとは、ギャラリーで荒柴に会わなければ、穏やかな一日になるだろう。

真千は玄関の戸締まりをして、最寄り駅までのんびり歩く。

この時間に出社するご近所さんと、「おはようございます」と笑顔で挨拶を交わし、ラッシュは過ぎたがまだ混んでいる電車に乗り込む。

乗っている時間は十五分もないのだが、空いている席を見つけたときは嬉しい。だが今日は座席は埋まっていた。

少々暖房の効きすぎた車内で汗を掻きつつ、ようやく職場の最寄り駅に降り立つ。

「滝沢」

ああ、振り返りたくない。

朝っぱらからなんでこいつの声を聞かなきゃならないんだと、内心うんざりしたが、真千はとりあえず営業用の笑顔を顔に貼り付かせて振り返った。

「荒柴、おはよう」

「おはよう。この時間の電車に乗ってるんだ。知らなかった」

白々しいぞ、笑顔で話しかけてくるな。

……と思っても、真千は声には出さない。相手はギャラリーと契約している人気画家だ。

「朝のラッシュほど酷くは混んでないからな」

「何号車辺りに乗ってるんだ？　俺も明日からお前の乗る車両に合わせる」

相変わらず上等なスーツを着て近づいてきた荒柴は、しかし、真千の一歩手前で歩みを止める。

「へーえ、なるほど。マーキングか。匂うよ滝沢。犬臭い」

少し怒ったような拗ねたような顔で指摘されたが、真千は意味が分からず適当に「そうか」とだけ言った。

「凄く匂うよ」

その言い方は失礼じゃないかと思いつつも、冷静に言い返す。

「でもうちに犬なんていない。庭は野良猫たちの集会場になってるけど、トイレ関係は毎日父さんが片づけてるし」

「だから、そうじゃなく」

「ふむ。遅れるから俺は先に行くぞ。ギャラリーに用があるならまたあとで、荒柴先生」

真千は笑顔で手を振り、彼をその場に置いて改札に向かう。

形はマーキングと言ったが、本当にその通りになったな。荒柴がベタベタしてこない。

俺には犬の匂いなんて少しも分からなかったが、荒柴にはわかったようだ。あいつ、鼻がいいんだな。本当は犬じゃなくオオカミなんだけど、オオカミの匂いなんてそうそう嗅げるものじゃないしな。

真千は首を傾げながらそんなことを思った。

「まだ犬臭い。最悪。何をしたらそんなに犬臭くなるか教えてほしいよ」

「……お前に付き合ってランチに来てやってる俺に言うことか？　周りの女性たちは、無反応だぞ？」

今日は今日で、女性に大人気のガレットの店に来ている。

ここは男性でも充分満足する量のガレットもあるそうで、真千と荒柴はそれを注文した。

「ランチ全載せ、お肉スペシャル」と言うらしい。

ドリンクはランチセットに付いていて、ハーブ水はおかわり無料だったのでそれにした。

ペパーミントが効いた、爽やかなハーブ水は家でも作れそうだったので、真千は今度チャレンジしようと心に決めた。

「よくもまあ、こんな可愛い店を見つけてくるよなあ」

「ちゃんと、男性向けメニューもある店を見つけるんだ。あ、男一人で入るのはいろんな意味で疲れるから、リサーチのときはスタッフと一緒に来る」

「へえ。値段も手頃だし、雰囲気もフランスの田舎みたいで気持ちいい。なんと言っても、このサンルームはいいな。気持ちいいわー」

日向ぼっこする猫のように目を細め、真千はガラス越しの日光を浴びてほこほこになる。

「春夏は、窓を外してテラスにするそうだ」

「そうか。旨かったら、形の制作が終わった頃に食べに来よう」

「俺が旨いと思ったんだから、絶対に旨いよ。それと、あとで一時間昼寝に付き合わないか？」

「は？」

「知り合いが、期間限定でシエスタカフェを開いてるんだ。これが結構面白い」

真千は、今時はなんでも金になるんだなとしみじみ思い、「まあ、行くだけなら」と曖昧な返事をした。

たしかに会堂から荒柴の「お守り」は承ったが、真千にも真千の仕事がある。

今日も「プライベートなら、仕事が終わってからにしてくれ」と言ったのに、ランチぐらいはいいだろう？　と強引にギャラリーから連れてこられた。

だから、シエスタカフェは「後学のため」に、ちらりと覗いて帰るだけのつもりだ。

「なあ滝沢。俺たち……」

店内がどよめく。

真千は荒柴の言葉を聞くのをやめて、どよめきの中心に視線を向けた。

うわ、なんだあれ。

大きな楕円の皿に、肉が載っている。様々な部位の肉だ。そして焼き野菜と海老。ベーコンにソーセージ。それらが、ガレットの布団に包まれている。

匂いは最高に旨そうで、あれが半分の大きさなら、どよめきは起きないだろう。

客たちはカメラのアプリを作動させて、ここぞとばかりに写真を撮っている。他人事だと思って指を差して笑っている者もいた。

「お待たせいたしました。どうぞごゆっくり！」

店員たちの、挑戦的な笑顔に闘志が燃える。よし、食ってやろうじゃないか。

「まあ、俺たちなら食えるだろ」

荒柴もナイフとフォークを両手に持った。

真千はその前に、形に送信するために写真を撮る。

何パターンか撮ってから、「今からランチ」と文字を打って、ＳＮＳにアップした。

するとすぐに「何それ！　凄い！」と返信があった。もちろん、「今度連れてって」という言葉も添えられている。

「この量を食べるなら、夜は蕎麦でいいかな」

肉を食べながら夕飯の話をする真千に、荒柴は「お前って昔からそうだよな」と言って笑った。

「会堂さんから聞いて知っていると思うが、俺は、『お友達』の関係で終わらせるつもりは少しもないからな」

真千は、「ランチ全載せ、お肉スペシャル」を綺麗に食べ終え、デザートのチョコバナナガレットを頬張りながら、荒柴の暢気な声を聞く。

「そりゃ俺たちの関係は、同じ大学の卒業生というだけだ。学部は同じだったが取っていた講義は少ししか被ってなかった。俺が滝沢先生の教室に入らなければ親しげに会話をすることもなかっただろう。でも、出会ったからにはそこから先に進めたいんだよ、俺は」

「なりふり構わないところは好感が持てるが、俺にはすでにパートナーがいる。お前とどうこうなろうという気はないんだ。だから、ごめんなさい。お付き合いできません」

ランチに付き合ったのだから、もう返事をしてもいいだろうと、真千は真顔でキッパリと言った。

「パートナーって、あの子犬のこと？　たしかに、オオカミは一途だよ。一度番になった相手と添い遂げる。でも、お前は人間じゃないか」

荒柴が晴れやかな笑みを浮かべた。

逆に真千は頬を引きつらせる。

なんでこいつは、形がオオカミだと知っているんだ？　と問いただしたい気持ちを辛うじて抑え、喉を潤すためにアイスコーヒーを飲んだ。

「全部顔に出てるから、滝沢。そりゃあ分かるよ、だって同種だもの」

荒柴がそっと耳元に顔を寄せ「俺も獣之人なんだよ」と囁く。

「なんだそれは。俺は今、初めて聞いたぞ？　新しい創作のインスピレーションか何か？」

「今更、白々しいんだけど」

なんと言われようと、素直に「形は獣之人です」なんて言うものか。

真千はきゅっと唇を噛み、冷静に荒柴を観察する。

「そんな顔しないでほしいな、滝沢」

「お前がさせてるんだろ。タイプは違うが絵画の天才って意味なら同種だろう。それ以外の何物でもないいんじゃないか？　形だって……」

「がっつりマーキングされてるくせに、そういうことを言うんだ。風呂に入っても消えない匂いだって知ってる？　『こいつは俺の番の相手だ。手を出すな』って匂いが、プンプンする」

「え、嘘」

思わず口から零れ落ちた言葉を聞いて、荒柴が笑った。

「滝沢が子犬とセックスしてても別に俺はいいよ。オオカミ同士なら番が成立しただろうけど、滝沢は人間だからね。番の解消は簡単だ」

「な、何を言ってるのかな？　荒柴は」

「生涯番う、浮気しないって、オオカミの獣之人同士でしか成り立たない。人間はそうはいかない生き物だから」

「お前、人間に対してちょっと失礼だぞ。俺は浮気をするつもりは少しもないし、好きになった相手とは添い遂げるつもりだ」

「じゃあ俺、ギャラリー・駿から自分の作品を引き上げようかな」

「は？　話が噛み合ってないぞ？　なんでそんな話になるんだ？」

「滝沢が俺と付き合ってくれるなら、ギャラリーとの契約は今のままでもいい」

「違約金がいくらかかると思ってる」

「俺のファンが払ってくれると言ったらどうする？」

ああ、そうだ。そういうこともありえる。

真千は残りのアイスコーヒーを飲みながら、さてどうしようかと考えた。

「自分で言うのもなんだけど、俺っていい物件だと思うよ？」

「……一つ訊（き）くが」

「うん。何かな？」

「お前は俺とセックスしたいのか？」

「当然だ」

荒柴は、実にいい笑顔で即答した。

「一度俺とセックスすれば満足するのか？」

「え？」

真千は、荒柴の不安と苛立ちが混ざり合ったような表情を見て、小さく頷く。

「一度セックスすれば気が済むのかと思ったんだが、そうでもないようだな」

「いやいや、セックスはしたいよ。でも、体だけほしいわけじゃない。滝沢の何もかもがほしいんだ。どっちか片方だけ手に入れるなんて無理だよ」

「俺たちは友人にしかなれないよ、荒柴。俺は形を愛してる。今までもこれからも、俺の世界の中心は形なんだ」

真千は、「だから、改めてごめんなさい」と深く頭を垂れた。

「決断が早すぎる。ちょっと待て。そんな潔く決断するな。勤め先がどうなってもいいのか？」

酷く情けない顔をして荒柴が慌てた。

「会堂さんには申し訳ないが、俺は自分の人生の方が大事だ」

「それはそうだけどさ、もっとこう、良心の呵責（かしゃく）で揺れる表情を見せてくれよ。なんだよ、お前のその決断力は」

荒柴は「そうじゃない、まったくもってそうじゃない」と一人でダメ出しを行っている。

そんなことを言われても、自分にとって何が一番大事かなんて、考えるまでもない。形だけだ。

「自分が困らない程度には、会堂さんを助ける。俺はもう形のものなのに、お前が何もかも奪うことなんてできない。そんなことをされるくらいなら、俺は形以外のすべてを捨てる」

「あいつに結婚相手がいてもか？」

「なんで知ってるんだ？」

目をまん丸にする真千に、荒柴が口を開こうとして慌てて閉じた。

「場所を移そう」

「え？　あ？　………あ――」

真千も、荒柴が口を閉じた理由が分かった。

周りの席の女性たちが、そわそわとした表情を浮かべながら、頬を染めてこっちに注目していたのだ。

スーツ姿の男二人が、「セックスしたい」だの「ごめんなさい」だのと言っていれば注目もされる。平日の昼下がりに過激な内容を披露してしまった。そして、きっとこの店には二度と来られない。

真千は、あとで形に謝ろうと思いつつ、席を立った。


「さてと、次はシエスタカフェだ。腹いっぱいだから一駅ぐらい歩く？　俺、日当たりのいい場所を歩きたい。ここ、寒い」

「シエスタカフェは、やっぱりやめておく」

「今日は俺に付き合ってよ。さっきの話の続きもしたいし」

荒柴の「お守り」は会堂の指示だが、ランチに付き合ったし、ごめんなさいもした。話なら歩きながらでいい。それ以外は却下だ。

真千は話題を変えて「そんなに寒いか？」と聞く。

「うん。寒いよ。寒いのに弱いんだよ、俺」

「知ってる。よくそう言ってたよな」

「うん。なんてったって、ハ虫類だから」

二人で、平日の昼間に日光を浴びながらのんびり歩く。

真千は荒柴が放った「ハ虫類」という単語を脳内でスルーして、「冬の晴天は空が高く見えるな」と言った。

「おい、こら。滝沢」

「なんだよ。俺はそこを左に曲がってギャラリーに帰る」

「こっちの通りは日向だから、こっち側を…………じゃなくてさ、俺の大事な告白を無視しないでくれよ」

「何か言ったか？」

「言った。ハ虫類って言った」

「…………お前にはへそがないのか？」

「あるよ。ただのハ虫類じゃない。獣之人のワニだ。子犬は俺に勝てない」

真千はぴたりと歩みを止め、荒柴を見つめる。

「俺がここまで言ったんだから、滝沢も他に獣之人を知ってると言ってくれないかな？」

日に照らされて、荒柴の影が大きく伸びた。

およそ人とは言いがたい、長く大きな尻尾と四本の脚が、黒い影となって真千に向いている。

「これが、お前の本当の影か……」

「うんそう。ようやく信じてくれた？」

影の尻尾がゆらりと揺れる。形のオオカミ尻尾と違って、少しも可愛くない。

「絵画の才能があるワニ、か」

「そう。兄や姉は別の方向に才能があって両親と海外だよ。今日本で暮らしているのは俺だけなんだ」

「そうか」

「滝沢には、俺の卵をたくさん産んでもらいたいな」

「だからなんでそうなる。俺は男で、子供は産めない。卵もだ。そもそもお前と付き合わない。それより、どうして荒柴が形の結婚相手のことを知ってるんだ」

「……滝沢は、獣之人の繁殖のことを知らないのか？」

「繁殖？　子孫繁栄はどの種族も同じだろう？　それより、何で形の……」

するど荒柴は小さく肩を竦め、「温かいものが飲みたい」と言った。

「おい」

「シエスタカフェがだめなら、そこのカフェに入ろう、カフェに。歩きながらする話じゃない。今度は、周りに聞かれないように気を付けるから」

歩きながらでいいのに、荒柴が足取りも軽やかに「あの店はどうだろう」と、前方の小さなカフェを指さした。

最近建てられたのかガラス張りのビルの一階に入っているカフェは、チェーン店ではなく個人オーナーの店舗のようで、見たことのないロゴマークが入り口ドアに付いている。

「二人です。煙草は吸いません……、え？」

トレイを置いてこっちに来た店員を見た荒柴が、いきなりきびすを返した。

彼は「カフェはだめだ。こうなったら、最終手段。ホテルだ」と言いながら、真千の腕を摑む。

「なんだよ！」

「この店はだめだ。見てはイケナイものが……」

「なんでお前が、俺の大事な番の相手を連れて歩いてんだよ……！」

形が恐ろしい顔で、荒柴の肩を摑んだ。

「なんだお前。大学はどうした」

「真千さん！　いや、その……聡介がエミリアに捕獲されて、それで、ここのカフェで強制的にお茶を……」

困った顔で説明する形の背後に、キラキラと輝くエミリアと、悟ったような表情の聡介が見えた。

エミリアは荒柴に気づくと「こんにちはー！」と手を振る。真千は気持ちいいほど無視されたが気にしない。

「おい！」

荒柴は愛想笑いで手を振りかえし、無言で真千の腕を引っ張って外に出た。

形も一緒に付いてくる。

「俺の番の相手に勝手に触るな……っ」

「黙れ子犬」

形が真千に向かって伸ばした右腕が、途中でピタリと止まる。

「くそワニが……っ」

形の表情が歪む。

真千は最初、何が起きているのか分からなかった。

だが、たちまち理解する。

影だ。荒柴の影が形の腕の影に噛みついている。

右手は形の利き腕だ。ふざけるな。

「おい荒柴！　やめろっ」

「聞き分けのない子犬にお仕置きしているだけだよ」

「ふさげんな。形を放せ。今すぐ放せ……っ」

「じゃあ、俺と一緒になってくれる？　なーんて……」

「いいぞ。だから今すぐ形を自由にしろ。早くしろ。お前が噛んでいるのは形の利き腕だ」

形が助かるならば……と条件を素直に呑んだのに、荒柴は不愉快そうに顔をしかめて、
形を自由にした。

形はその場に座り込んで、左手で右手を撫でながら呻き声を上げる。

「……腹立つ。本当に腹が立つな、滝沢……っ」

「なんで怒るんだよ。形、大丈夫か？　指はちゃんと動くか？」

「ああもう。お前、黙ってろ」

荒柴が真千の腕を引いた。軽く引かれた、と思ったのに思いのほか力は強く、真千は彼の胸の中に収まる。

そのまま、荒柴が手を上げて止めたタクシーに押し込まれた。


こんな目に遭うことは予想などしていなかったが、形を助けられたからよしとする。

真千はそう自分に言い聞かせて、ベッドに腰を下ろした。

荒柴は前もってホテルにチェックインしていたようで、フロントをスルーしてそのままエレベーターに乗せられた。見晴らしのいい高層ホテルの一室は広大なワンルームで、中央にソファセット、窓際にベッドが置いてある。目的は一つだろうに無駄にゴージャスな部屋は、ＶＩＰが密会をする場所なのだろう。

真千は、いい香りのするベッドカバーを触りながらそう思った。

「あの子犬は、シュレインハート家の令嬢と結婚するから安心しろ」

「なんだと？」

「彼女の父であるシュレインハート氏は俺の大ファンで富豪だ。そして会堂さんの馬友達でもある」

ああそうか、そこで繋がるのか。腹立つな……と、真千は軽く首を上下に振った。

「形の腕は、大丈夫なんだろうな？　噛み痕が残ったり後遺症が出たりしないだろうな？」

「本体に噛みついていないから、それはない。でも、影とはいえワニに噛まれたんだ。さぞかし痛かっただろう。ざまあみろだ。子犬のくせにワニに挑もうとするから」

荒柴が、目の前でスーツを脱いでネクタイを外す。

忌々しいが、ここでセックスするのか。抵抗出来るか？　相手はワニだ。人喰いワニとか、テレビのドキュメンタリーで見たことがある。本気で抵抗してもパクリとひと飲みされそうだ。さてどうする。どう反撃したらいい？

真千は真顔のまま、太腿に載せた手で拳を作り、固く握り締める。形が自由になったので、もう荒柴の言うことを聞く気はさらさらなかった。

とりあえず、頭の中で会堂に両手を合わせて、ここからは好きにさせてもらうと決めた。

「人間は、くっついては別れるというのが好きな生き物だから、オオカミとの番に関してしは気にしなくていいよ。とりあえずは子犬のマーキングを消したいから服を脱がしてもいい？」

にこにこと嬉しそうに、荒柴が真千のスーツに手を掛けた。

「何をする」

「脱がさせてくれないか？　経緯はどうであれ、滝沢が俺のものになったって実感したいんだ」

「……誰がいつ、お前のものになったと言った？　俺は形のものだ。よく聞け、俺の恋人は甘ったれで可愛くて、モフモフで、それでいて最近は綺麗な爪まで出してきた。お前にモフモフの耳と尻尾があるか？　あれは最高に触り心地がいい！　俺が毎日念入りにブラッシングを続けてきたからな！　ただのブラシじゃない、高級猪毛ブラシだ！　あと、形は顔がいい！　ちょっと眠そうな二重の目なんて最高に可愛い！　キスしやすい唇なんかも可愛くてヤバい！　あと、あ――……セックスのときの体力が違う。とにかく、なんか凄い」

頭に浮かんだことを次から次へと言ってみたが、言い終わってから急に恥ずかしくなった。だがここで顔を赤くして視線を逸らしたら負けだと思い、我慢する。

「それって、どう聞いてもノロケなんだけど……。何？　俺に妬いてほしいの？」

「いや、事実を伝えただけだ。俺の形は可愛い」

「俺も可愛いと思うけど？　ハ虫類可愛いぞ！　目がくりっとしてて！　意外と懐くし！」

「トカゲは可愛いと思うが、ワニは……。あ、子供のワニは可愛いと思う」

「成長しても可愛いだろ」

「同意しかねる。動物園の、温かそうなプールの傍で口を開けて日向ぼっこしているワニしか見たことがないし」

　すると荒柴が「違う！」とネクタイを振り回して地団駄を踏み、次の瞬間、ワニへと変化した。服を脱ぎながらの変身は、見ていてシュールだ。

　真千は咄嗟に脚を上げ、ベッドの真ん中に移動する。

　尻尾まで含めたら五メートルはあるだろうか。巨大なワニが、上品な模様の床の上で蠢いている。広々としたワンルームが、途端に狭くなった。

「でかっ！」

「俺はもう成体だから。見てごらんよ、この、艶々とした体！　力強い尻尾。それに、何物をも噛んで放さない、立派な口！」

「……高級バッグが山ほど作れそうな皮膚だ。あと、手足が短くて可愛いな」

「え？　このつぶらな瞳も可愛いだろう？　よく見てみろ！」

　荒柴が素晴らしい運動能力で上半身をベッドに載せ、牙をカチカチと鳴らしながら真千を見た。

「まあ、うん。そうだな可愛いな。ところで俺は……もう帰るぞ」

ドアは巨大ワニの向こうにある。荒柴がワニのままだと、ドアに辿り着く前に捕まって、ベッドの上に引き摺り戻されそうだ。下手をしたら圧死しかねない。

まずは、この黒々艶々したワニを、人間の姿に戻さなければ。

「その格好でセックスは無理だぞ。俺は獣姦は趣味じゃない」

「え？」

「するなら人の姿に戻れ。俺がシャワーを浴びてくるまでに人の姿に戻っていろ。いいな？」

「そ、それは……もう。なんなら、今すぐ人の姿に戻れる！」

ワニがキラキラと瞳を輝かせ、短い前脚でベッドをバフバフ叩きながら言った。機嫌がいいと尻尾が揺れるのか、長い尻尾がビッタンビッタン動いている。激しい。

「いやいい。ベッドの上で正座して待ってろ」

「はい！」

こんな素直なワニでいいのか？　お前みたいな素直なワニは、密猟されて挙げ句の果てに高級バッグにされるぞ！

真千は心の中でちょっとだけ荒柴を心配し、「バスルームはどこだ？」と部屋のドアを順番に開けていく。

「なあ滝沢」

「なんだよ」

「俺が人の姿に戻ったらどうにかなるとか思っていたら、それは大間違いだからな。獣之人のこと、知っているならわかるよな？」

振り返ると、「ドヤ顔」をした人間の荒柴がベッドの上で正座をしていた。スラックスを穿いただけの半裸だ。

真千は笑顔で「知ってる。形がそうだからな」と答えて、右足を入り口ドアに向ける。動揺を見せたら、いろんな意味で食われるので。それに、こいつのいいように踊らされるのも嫌だ。真千は何が起きても平静でいようと決心する。

「あ、待って。やっぱり、シャワーはいいよ。子犬の匂いを俺の匂いで上書きする」

「は？　ふざけるな……」

入り口ドアのノブに手を掛けたところで、荒柴に乱暴に抱き締められ、ずるずるとベッドに連れ戻される。

「獣之人が本気出したら、こんな感じだから。滝沢が逃げようなんて無理。すぐに捕まえる。ね？」

ベッドに放られて、上から荒柴がのし掛かってきた。

「怖い顔して俺を睨んでもだめだ。俺と一緒になろう。そうすれば、ギャラリーも安泰、シュレインハート家のお嬢さんと子犬も無事結婚できる」

スーツの中に、ひんやりとした手が入ってきた。ワイシャツの上から、乳首を探すように胸を弄られて、ぴくりと反応してしまった自分に唇を噛む。

「シャツの上からでも、乳輪ごと膨らんでるのが分かる。滝沢の乳首って少し大きめなんだな。弄りやすくていいね。ほら、ここ、もっと弄ってほしそうに勃ち上がってる」

「おい、やめろ……っ」

形の舌と指で散々弄り尽くされた場所はとても敏感で、荒柴の指にも簡単に反応してしまう。真千は節操のない自分の体が悔しくて、荒柴を睨んだ。

だが荒柴の指はシャツの上からなおも真千の乳首を弄り、摘んで引っ張っては、掌で転がすように撫でる。

「ぁ、あ、は……っ、くそ……っ」

シャツ越しにふっくらと膨らんだ部分を小刻みに指で弾かれるたびに、びくびくと腰が揺れた。当然のように真千の股間は不自然な盛り上がりを見せている。

「好きな相手が感じてる様を見るのは、いい気分だ。もっと気持ちよくしてやるよ。子犬より俺の方がいいって、先に体に覚えさせればいい。そうしたら、気持ちなんてあとから付いてくる」

荒柴の体が割り込んできて、両脚を広げられた。それだけでも恥ずかしいのに、荒柴の膝で股間を擦り上げられる。

「ふ、ぁ、あっ、あ」

スラックス越しの刺激が切ない。ゆるゆると擦るだけの意地悪い動きに、真千はたまらず背を仰け反らせた。

「スーツを着たまま刺激されるって背徳な感じがする。ああ、気持ちいいんだな？　首まで真っ赤だ。俺も、滝沢の首を噛みたい」

「俺を殺す気、か……っ」

真千は「はふ」と深呼吸をしてから荒柴のシャツに両手を伸ばし、力任せに摑んでぐっと引き寄せる。こっちから首筋に噛みついてやろうかと思ったが、形の首にも噛みついたことがないのに、先に荒柴の首に噛みつくのは嫌だなと、途中でシャツを放した。

「興奮して目尻が赤くなってるよ。可愛い。本当なら、もっとこう、場所や時間を考えてセックスしたかったんだけど、子犬の反撃で焦ってたんだな。俺もまだ若いってことかな？　ははは」

「わ、笑ってる場合か……」

「シュレインハート氏にお願いした甲斐があった。お前は子犬しか見ていなかったから、強引にでもこっちを向かせたかった」

「お前、腹立つことを平然と言うな」

「俺と付き合う方がいろいろと楽だって。な？　今夜一晩、俺に抱かれてみろよ。考えが変わるぞ？　俺は下手だと言われたことがない。最後にはみんな、頼むから抱いてくれって泣いて縋ってくる」

　両手の親指で、円を描くように乳首を撫でられるのがもどかしい。

　キスをしようと顔を寄せてきたので、そっぽを向いたら首筋を噛まれた。

「ぅ、あ！」

「甘噛みだから痛くないよな？　凄く柔らかくて、食い千切りたいほどのいい首筋だ。もう少し、甘噛みさせろ」

　やめろと声を出す前に、噛みつかれる。

　甘噛みだと言ったのに、ワニの短く鋭い牙が皮膚に食い込んだ。

「ああ、少し力が入りすぎた。でも、ほら、こうして舐めてやれば、傷なんてすぐに塞がる。だからもっと齧らせろ」

「……噛みたければ勝手に噛めばいい。新しいオモチャのように扱って、さっさと飽きて捨てればいい」

　痛いは苦しいは情けないはで、真千は自分に腹が立って仕方がない。

　目尻に涙を浮かべて「さっさと終わらせろ」と悪態をつく。

　形の番の相手として最悪の状態なのは分かっている。それでも、指で弄られている内はまだましだと思った。スラックスと下着を脱がされる前に、どうにかこの男の下から逃げ出したい。

　自分を人質に使うことも考えるなら……と考えていたときにローテーブルの上にグラスを発見した。あれを割れば刃物の代わりになる。よし。

「…………なあ、滝沢」

「なんだ、よ」

「滝沢って、観念したように見えてちょっと違う気がする。なんだろう、余裕を感じるんだ。もしかして子犬が助けに来ると思ってる？」

「……それは無理だろ。いくらオオカミでも、ここまで俺の匂いを追っては」

　次の瞬間、突然、出入り口付近で何かが衝突したような激しい音が鳴り響いた。

　真千と荒柴は、思わず顔を見合わせる。

　外から内に、鉄骨か何かでドアを叩いている。そんな音が部屋を揺らす。

「まさか」

　真千の目が輝く。

「ああくそ、犬臭いっ！」

　荒柴が言葉を吐き出す。

「うおらぁっ！」

　部屋のドアが破壊され、勢い余った形が、転がりながら部屋に入ってきた。

「真千さん！　マーキングしててよかった！　匂いを辿って迎えに来たよ、一緒に……」

オオカミ耳と立派な尻尾が出ている。それに、両手には鋭い爪があった。

だが彼は、今の真千の格好を見て、最後まで言わずに表情を変える。

「もう少し遅く来れば、俺に可愛がられてとろとろになってる滝沢が見られたのに。せっかちな子犬だ」

「てめえ……」

形がもの凄い勢いで荒柴に飛びかかった。すぐさま荒柴にはじき飛ばされたが、床に降り立ったときには人の姿をしていない。

アッシュグレーの豊かな体毛を纏った、美しい一頭のオオカミが、そこにいた。

オオカミは喉の奥で唸りながら、長い四肢を優雅に使って歩き、荒柴との間合いを詰めていく。

「若いなあ。だから俺に子犬って言われるんだ」

「真千さんから離れろ」

「嫌だよ。彼は俺の番の相手にする。いっぱい卵を産んでもらうんだ。ワニと人間のミックスは強そうだから、これからが楽しみだ」

「放せ」

オオカミが威嚇の牙を剝く。

「ワニに敵うか？　子犬」

荒柴が真千から離れて膝立ちになる。真千はベッドから転がり落ちるようにして、オオカミの傍らまで走った。

「あー……なんで、そっちに行くのかな、滝沢？　俺に乳首を弄られて感じてたくせに。子犬は若いだけでテクニックなんてないだろうに」

「うるさい！　真千さんは俺にめちゃくちゃ乳首を弄られてるから、すぐ感じるんだよっ！　だからこの場合は仕方ないっ！」

形が怒って言い返すが、それを大声で言われるのは、真千には少々辛かった。

「それに！　俺はエミリアに振られた。さっさと振られた！　俺たちの関係はまっさらになった！」

それは一体どういうことだと、真千は形の首に両手を回し、「なんで!?」と怒鳴った。

「こんな綺麗なオオカミを振るだと？　形は可愛くて綺麗で、最高のオオカミの獣之人なのにっ！　なんで振る！　俺は腹が立ってきたっ！」

「真千さん。話を戻すからちょっと黙って！」

「ええ、そうしてくださると嬉しいです。真千さん。私は最初、形君と上手く行くと思っていました。愛がすべてを許してくれると……そう信じていたのですが……」

破壊されたドアの断片を軽やかに避けながら、エミリアが憂いを帯びた顔でため息をつく。

「私、絵画の中でただ一つだけ理解できないものがあるんです。これはもう好みの問題なのでどうしようもないことだと思います。好きで収集している絵画だから、好きなものだけ集めたいんです。有名画家だろうか無名だろうが、関係ない。私の心の琴線を揺さぶってくれる絵を集めたい……」

なんとなく話が読めてきたが、真千は黙って彼女の話を聞いた。荒柴など、彼女がこちらに背を向けている間に素早くシャツを身に纏った。

「ごめんなさい、形君。私、抽象画だけは、本当に……だめなの。苦手なの。意味が分からない。偉大な巨匠が大勢いるのは知っていても、私はそこに価値を見いだせない。だから私、あなたと結婚できません。夫が意味不明の絵を描き続けるのはもはやホラー。私は、その、聡介さんのような、澄んだ湖のような透明感のある静物画や風景画が好みなんです。何点か見せていただきましたが、もう本当に……素敵すぎて……」

エミリアは両手で頬を包み、「これが恋」と呟いた。

「それを、ここまで言いに？」

そういえばエミリアもオオカミの獣之人だ。形の匂いを辿ることはお手の物だろう。真千は、しっかりと頷く彼女の前で、「なるほど」と唇を動かした。

「そこで、なのですが……形君。私と聡介君の仲を取り持ってくださいませんか？　あなたにこんなことをお願いするのは間違っているとは分かっているのです。私が振ってしまったのだから。けれど、私、あの人をどうやってデートに誘っていいのか、分からなくて」

こんなに美人なのだから、堂々と誘えばいいと思うのだが、恋する乙女には照れくさくて恥ずかしい行為なのだろう。

エミリアは形の前に跪き(ひざまず)き、「お願いします……。日曜日に会って、話をしただけで……私の心はあの人でいっぱいになってしまいました。二人で会ってお話をして、聡介さんが私のことを好きになってくださらなくても、お友達でもいいから繋がっていたいのです」と涙で瞳を潤ませて訴える。

真千は荒柴を一瞥(いちべつ)すると、彼はしかめっ面でそっぽを向いていた。耳に痛い話だ。

「聡介は俺の大事な友人で、才能もある。とんでもなくいい奴だ。そして、俺がオオカミの獣之人であることを知っている」

「なんて素晴らしい……！」

「俺も片思いの辛さを知ってるから、一度だけ協力してやる」

「ありがとうございます。私はあなたにどんなお返しをしたら……？」

「対価は必要ないだろ。頑張れよ、エミリア」

形はエミリアの頬を一度、ぺろりと舐めた。彼女は形のモフモフの首にぎゅっとしがみつき「本当にありがとう。あなたは私が日本に来るためのきっかけだったのね」と言って、ゆっくり立ち上がる。

「滝沢さん、いろいろとご迷惑をおかけしました。形君はあなたの番の相手です。将来、立派なお子さんを産んでください。同性の番では妊娠の確率は低いと聞きますが、あなたたちなら大丈夫だと思いますミックスの子供は丈夫で可愛らしいと聞きます。とても楽しみです。それでは失礼します」

同性であっても妊娠の可能性があるなんて初めて知った。こんな重大なことを、ここで聞くことになるとは。

真千は、心の中で「獣之人の繁殖力って凄い」と驚愕した。

そんな真千の心中を知るよしもないエミリアは、天使のような微笑みを浮かべて優雅に一礼し、部屋を出て行った。

「なんなんだよもう!」

荒柴が怒鳴って、瓦礫(がれき)を蹴り上げる。

「物に当たるな。危ない。それよりも形は本当にオオカミの姿になれたんだな。なんてモフモフなんだ。これはダブルコートか。表面の体毛は少し硬いが、内側は柔らかくて最高だ。それになんと言っても、この顔。顔がいい。凄くいい。オオカミの顔がよすぎる。俺をまた惚れさせるのかお前は。どうしてくれよう。この肉球が可愛い。デカいけど可愛い。可愛すぎて、俺は心臓がドキドキする」

真千は一気にそれだけ言うと、形の首に顔を埋めて、そこを吸った。スーハーしながら、よしよしと背中を優しく叩く。

「おい。俺のことは完全無視かよ」

「仕方がない。俺のことは完全無視かよ」

オオカミが嬉しそうに尻尾を振り、真千は「形が一生このままでも俺はお前が好きだ」と熱烈な告白をする。

「……………やってらんない。なんだよそれ。少しは俺に靡くと思ったのに、一パーセントの希望もないときた。しかも臆面もなく人前で彼氏自慢かよ」

怒りを通り越して呆れ顔になった荒柴に、形が「自業自得だ」と突っ込みを入れた。

「うるさい。黙れ子犬。お前がいなければ、滝沢は俺のものだったのに。両親と一緒に渡航していればよかったものを」

「それはないぞ荒柴」

真千は顔を上げて、荒柴を見た。

「俺は、形が生まれたときから、ずっと一緒だった。赤子だった頃の形の愛らしさは涙が出るほどだ。俺はこの子を一生守ってやると、あのとき誓った。俺が七歳の頃の話だ」

「だったら、さっさとくっつけばよかったんだ！　この一言に尽きる！　ふざけんなよお前ら！　周りを巻き込んでんじゃないっ！」

　完全な八つ当たりだ。

　だが真千は「そうだな。俺が狡かった」と荒柴の暴言を認め、形に「いっぱい待たせてごめんな」と謝罪する。

「俺にも謝罪しろよ、滝沢！　俺はあやうく、ギャラリー・駿との契約を破棄するところだったんだぞ！」

「だからそれは、お前の自業自得だろ。会堂さんにちゃんと謝れよ」

「何それムカつくっ！　上から目線かっ！」

　荒柴の怒鳴り声に混じって、廊下から複数の人の声が聞こえた。この騒動に驚いて宿泊客がホテルスタッフを呼んだのだ。

　真千は形の頭を乱暴に撫でながら「人間に戻れ」と言って彼の服を掻き集める。

「ああ、うん。…………あれ？」

　今までの耳や尻尾だけとは違い、すっかりオオカミの姿になった形は、「なんでだ？」と言いながら焦っている。もちろん尻尾も緊張してモフモフしている。

　生まれて初めての変化だから、元に戻るのに時間がかかるのではないかと、真千はそう思った。耳や尻尾のときも、最初はしまうのに時間がかかった。

どうしよう。

「荒柴様、お怪我はございませんか？」

ホテルスタッフが、心配そうな声を荒柴にかけた。もうきっと出入り口にいて、ここに入ってくるのだろう。

真千は形の体に自分のスーツを被せる。

「本当に申し訳ない。若い友人の一人が喧嘩っ早くて、こんなことになってしまった。申し訳ないが、別に一室、新たに用意してくれ」

さっきまでふて腐れていた荒柴が、スタッフが中に入ってこようとする前に自ら出入り口に向かい、笑顔で対応する。

「よろしく頼むよ」

荒柴はどれだけ素晴らしい常連なのか、駆けつけたスタッフの中に責任者がいたようで「荒柴様がそうおっしゃるのであれば」で話を終えて、すぐに同じフロアの別の部屋を用意してくれた。

「これは子犬のためにしたことではなく、滝沢のためにしたことだから。そして、滝沢にかけた迷惑も、これで帳消しにしてくれ。ほんと、俺ってなんてお人好しなんだろう！」

荒柴は不満たっぷりの表情で言うと、新しい部屋のルームキーを真千に渡して「ちなみにこのホテルのオーナーは俺だから」と言って、その場を立ち去った。

だから形がドアを壊しても大事にならなかったのかと、危機感の薄いスタッフたちを不思議に思っていた真千だったが、これで納得した。

「ここに泊まるの？　真千さん」

「ああ。お前が人の姿に戻るまでは外に出ない」

会堂には「少々トラブルが」と連絡して、直帰にしてもらった。

宿泊費が幾らになるのか気になるところだが、それよりも、形が人の姿に戻ることの方が重要だ。

さっきの部屋の半分ほどの大きさしかないが、それでも窓際のベッドはデザイナーズ物の高価なものだし、ソファとローテーブルはイタリア製で座り心地が最高にいい。

ソフトドリンクは備え付けの冷蔵庫に、アルコール類はキャビネットに収められていて、好きなときに飲める仕様だ。

「なんか変な感じだ。俺、目線が低い。真千さんが大きい」

「俺はちょっと楽しい。形を思う存分モフモフできる。なあ、腹に顔を埋めさせてくれ。匂いを嗅ぎたい。腹を吸いたい」

「え…………それはちょっと……」

捕まえようとするたびに、形は軽やかに跳躍し、真千の腕には収まらない。

「まあ、今日じゃなくても匂いは嗅げるし腹は吸える」

「そうして。あとさ、真千さん、ワニの匂いがするから風呂入って。腹立つ！」

「今ごろそれを言うか。……ああでも、噛まれたから傷に染みるかも……」

「俺が治すから、シャワーでもいいから浴びてきて！」

「一緒に入るか？　形」

「入る」

冗談で言ったのに、形は真顔で真千を見上げた。

どうする俺、いくら番の相手でも獣姦は無理だ。いや、無理と言うか、今の俺にはハードルが高すぎる。もう少し、獣の姿の形に慣れてから、それからじゃないとだめだろう。

あれこれ考えているうちに、顔が赤くなってきた。

「真千さん、もしかして、この姿の俺とセックスすること考えた？」

「わ、悪いかっ！　でもだめだからな？　セックスは人の姿のときにしてくれ」

「うん。でもさ、舐めるだけならいいと思うんだけど。俺の舌、薄くて柔らかくて、気持ちいいよ？」

そんなことを言わないでくれ。

真千は赤い顔のまま首を左右に振るが、形にスラックスを引っ張られて、じわじわとベッドに戻される。

「だ、だめ、だって」

「俺は、真千さんの体を舐めたい。ワニの匂いも消したい。セックスじゃなく、真千さんを可愛がってあげるだけだから、ね？　スーッ、脱いで」

形が後ろ脚で立ち上がり、真千の肩に前脚を載せる。

大きく立派なオオカミは、「きゅん」と甘えた鼻声を出して、真千の唇を舐めた。

「まったく、お前は……」

形が可愛くて怒れない。

真千は照れくささを掻き消すように、乱暴にネクタイを外してシャツのボタンを外した。


外はようやく暗くなり、室内は滲むような間接灯の明かりに包まれる。

真千が全裸でベッドに横たわり、その上に形が覆い被さるようにして舌を使った。

人の姿のときと違うが、真千のいい場所は自分がちゃんと分かっている。だから、そこを丁寧に舐めて、真千の緊張を解していく。

そうすれはこの年上の恋人は、形の前で可愛く身悶えてくれるのだ。

「まさゆき、気持ちいい？」

「ん、気持ちいいぞ……。でも、なんか変な感じ」

真千の両手が、形の頭を包んで撫で回している。毛皮に包まれた頭の手触りがいいのか、何度も指で梳かれた。

「こっちは？」

ぺろぺろと唇を舐めたあとに、ワニに囓られた傷口を、ひときわ丁寧に舐めていく。大事なものに傷を付けられて腸が煮えくりかえるほど悔しいが、すぐに自分の匂いに変えた。

短く尖った牙の噛み痕を舐めていくうちに、真千が右手を下肢に移動させて、勃起している陰茎を扱き出した。

人の体のときなら、すぐに弄ってあげていた場所だが、オオカミの姿ではそうもいかない。

「真千さん、そこもいっぱい気持ちよくなるまで舐めてあげるから、自分で弄らないでよ」

「あ、でも、切なくて」

「我慢して。次は乳首を舐めてあげるから」

すると真千は素直に陰茎から手を放す。

自分の言うとおりにしてくれるのが嬉しくて、形は体を移動させて、すぐに真千の乳首を舐め上げた。

「あっ！」

体がびくんと震えて、背がしなる。たった一度舐めただけでこんなに感じてくれるのが嬉しい。形はつんと尖った乳首をひたすら舐めて、真千の胸を唾液でねっとりと濡らす。

「ぁ、こんなの、ヤバい、形は、オオカミなのにっ、俺、こんな、感じて……っ」

「俺は嬉しいよ。どんな姿の俺でも、まさゆきはちゃんと感じてくれる。凄く可愛くなってるよ。おちんちんもとろとろになってる。ね？　ここ、舐めてほしいよね？」

真千の喉がゴクリと鳴った。

「して、くれ。形、舐めて、俺の、おちんちん、いっぱい、舐めて。気持ちよくして」

「うん。とろとろの恥ずかしいお漏らし、どこまで垂れてるかちゃんと見せて。脚を広げて、腰を上げて、俺に全部見せて」

前脚でぐいと内股を踏んでやると、真千が「ひゃ、あ！」と腰を揺すって善がる。

「見せる、から」

すらりとした長い脚を両手で抱え、形の前にM字に開いた。

露になった恥ずかしい場所に顔を寄せ、形が「エッチな匂いがするね」と笑う。すると鈴口からこぽりと、先走りが溢れて流れ、肉茎や陰嚢、会陰を流れて後孔を濡らした。

「凄い、エロい。まさゆき、オオカミの俺に欲情してる。俺がハメるお尻の穴のところまで、こんなに濡らしてるよ。可愛いね」

「俺は、お前の番の相手だから、お前に欲情して当たり前だろ」

「うん。嬉しい」

赤く色付いている亀頭を舐めて、真千を味わう。

真千が顔を真っ赤にして荒い息を吐き、形の舌でくびれや肉茎を舐められるたびに善がり泣いた。この声を聞くと、もっと真千を可愛がってやりたくなる。

いつも自分に「形は可愛い」と言ってくれるが、セックスで責め立てられているときの真千の方が余程可愛い。

いやらしく腰を振って陰茎を揺らし、その揺れにさえ快感を得て腰を捩る。興奮して膨らんだ陰嚢を持ち上げるようにして下から舐め上げてやると、恥ずかしそうに両手で顔を覆って「だめ、だめ」と言いながら腰をぐいと突き出した。

陰嚢を「もっと舐めて」と言うのが恥ずかしいのだ。

「ここ、気持ちいい？　玉を舐められて気持ちいいの？　まさゆき」

「う、う……ん、気持ちいい。コロコロされるの好き。気持ちいいよ、形」

「じゃあ、いっぱいコロコロしてあげるね」

そこを舐めずに、わざと鼻先をぐいぐいと押しつけると、真千が歓喜の悲鳴を上げた。

形は、真千が少し乱暴にされる方が好きなのだと、もう分かっている。

「あ、あ、だめ、そんなっ、だめだ、玉ばっかり苛められたらっ、あ、ぐりぐり、だめっ」

人間の体なら、両手の指も使っていっぱい責められるのに。

形は心の中で舌打ちしながら真千の陰嚢を舐め上げる。

「は、はっ、あ、オオカミなのに、形は今、オオカミなのに……キスしたいよ、形、なあ、キスして」

両手を伸ばして乞われて、形は体を伸ばして真千の唇を舐める。すると真千も舌を出して、形の柔らかな薄い舌を味わった。

「あ、あ、気持ち、いい、形、のキス、気持ち、いい」

でも、歓喜に震える真千を抱き締めることができない。優しく強く抱き締めて、腰を摑んで揺さぶることも、額にかかる汗に濡れた髪を搔き上げることもできない。

「俺も。気持ちいい」

「形、形……っ」

真千が両手を伸ばして自分を求めてくれている。だが、この姿では可愛い番の相手を満足させることは難しい。

なんで。くそ……っ、焦っても仕方がないのに焦りの渦が体中に広がっていく。真千を抱き締めたい。もっともっと、可愛く悶えさせたい。だから、人の体が必要だと、そう願った次の瞬間、形の体は人間に戻っていた。

「え？」

「形……元に戻った」

「うん。嬉しい。これでまさゆきをいっぱい可愛くしてあげられる。ね？　舐められるだけじゃ足りなかったよね？」

「そんなこと、ない。気持ちよかった。でも、抱き締められるのが嬉しい」

真千が形に両手を伸ばし、形も力任せに真千を抱き締める。

そのまま、今度は人間同士のキスを交わして、小さく笑った。

「オオカミのときにできなかった、気持ちのいいことしてあげるね」

まだ射精していない陰茎に右手を伸ばし、亀頭を指の腹でリズミカルに叩いてやる。

「んっ、んんっ、あ、それ、それ、も、だめっ」

「まさゆき、亀頭苛められると、凄く可愛い顔になるから、俺、ここを弄るの好き」

「ひっ、ひぁ、あっ、そんなっ、おしっこ漏れちゃう、だめ」

「勃起してるから漏れないよ。精液出してから、バスルームでいっぱいお漏らししようか？　そこなら平気だよね？」

トントンと、指の腹で亀頭を叩き、気まぐれに擦ってやると、面白いように真千の体が快感で跳ねる。

「あとね、こっちも。玉を弄りながら亀頭を苛めてあげるから、可愛い顔をいっぱい見せてね？　まさゆき。大好きだよ」

「俺も、俺も好きっ、あ、ああっ、形、形、指で弄らないでっ、両方一緒に弄られてっ、気持ちいい、俺、頭おかしくなるっ」

善がり泣く真千が可愛くて可愛くて、ずっと見ていたい。

だが白分の欲望を堪えているのも難しい。さっきから形の股間は、痛いほど勃起している。

「まさゆき、ね、俺、一度出したい。いい？　まさゆきの中に、精液、出したい」

形は真千の腰を掬い上げて自分の太腿に載せると、彼の後孔に自分の陰茎を擦りつける。

「妊娠するかもしれないなら、形、ゴム……つけないと」

「我慢できない。ねえ、俺の子、孕んで。いっぱい注ぐから妊娠して。奥に出すから」

「だめ、形。だめだよ。子供は、お前が大学を卒業してからでないと」

真千は形に避妊を教えたいようだが、形にしたらセックスする相手は真千だけなので、必要ないと思っている。

「頼むから、ね？　まさゆき。中に注がせて。出したい」

そう言いながら、自分の指を真千の後孔に入れて、中でゆっくりと指を広げ、感じる場所を刺激した。

「あ、ぁっ、そこ、そこ、ばっかり……っ」

「一緒に気持ちよくなろう？　まさゆき、俺と一緒に、いっぱい、気持ちよくなって」

可愛い顔でおねだりしたら、彼は形には勝てない。

結局、視線を逸らして「今日だけ」と許してくれる。

潤滑油はなくても、真千の大量の先走りで後孔はすでに柔らかくなっており、形が指で軽く解しただけで陰茎は難なく入った。

「あっ、いきなりっ」

両手で腰をしっかりと掴み、真千も中で感じられるように軽く揺さぶってやる。

「は、あっ、あ、バカ、前立腺、当たってる、当たってる、からっ」

「練習して、もっと奥で気持ちよくなろ？　俺の雌になれる場所、あるから。ね？」

ゆっくりと腰を進めながら、真千の表情を窺う。少しでも彼が苦痛を感じたら、そこから奥へは行かない。

二人で気持ちよくなって幸せを感じたい。だから、無理はしない。

「どう？」

「ん、ん……っ、なんか、変っ」

「もう少し、奥、いい？」

真千が目を閉じたまま、ぎこちなく頷いた。

ゆっくりと奥に進み、少し戻るというゆっくりとしたピストン運動に、形の方が我慢できなくなった。今すぐ、乱暴に突き上げて射精したい。

でも、自分だけが気持ちよくなるのは嫌だと、真千の体を拓いていく。

「あ、も、形、そこ、擦らなくて、いい。なんか、へん。腹の中がゾクゾクする」

「擦ってあげる。ここ。まさゆきが、女の子になるところ、いっぱい、擦ってあげる」

「ひぐっ」

真千が背をぐっと仰け反らせ、両脚をぴんと伸ばした。足の指は内側に丸まって、小刻みに震えている。

「そこぉ！　だめっ！　だめ、ああああっ！　形、形っ！　中、溶ける、奥やだ、やだ、子供できるっ、俺、妊娠するっ」

何度も激しく突き上げて、体を快感の朱に染めて悶える真千を見下ろした。

自分の愛撫で感じてくれているのが嬉しくて、思わず涙ぐむ。

「まさゆき、いいね。気持ちいいね？　女の子になってるね？　とろとろの顔になって、女の子みたいに中でいっぱい感じて。俺の雌になって、孕んで」

「あっ、ああ、中、早く、精液、形の精液っ、早くっ」

「んっ」

肉壁がうねり、形の陰茎を奥に誘い込んでは絞り上げようとする。真千が無意識に誘う、このいやらしい動きがたまらない。

形は求められるままに腰を使い、真千の奥に射精した。

後孔からとろとろと滴り落ちる精液の後始末が、恥ずかしくてたまらない。

下腹を押さえつつ精液を掻き出す作業の途中で、いやらしい指に悪戯されて、形の見ている前で失禁までしてしまった。

最後の一滴が流れ落ちるまでじっと見つめられているうちに興奮してしまい、バスルームで再びセックスした。すっかり柔らかくなった後孔は、形の陰茎を難なく飲み込み、今度はさっきよりも深く繋がることができた。

形の若さに当てられた……と言うのが正しいが、真千もそれにノッたので、彼一人を責められない。

だが気持ちよすぎるのも考えもので、真千は足腰が立たずに、今はベッドの中で大人しくしている。

肌触りのいいシーツに包まれて、緩やかに続く快感と多幸感に満たされて、真千は目を閉じていた。

形は「腹が減った」と言って、ルームサービスに電話をかけた。

結構な量の料理を頼んだようだが、彼はオオカミなのでそれぐらいすぐに腹の中に収まるだろう。

「肉と野菜と米とパスタってところかな？　アルコールはやめて水にした」

形がベッドに寝転んで、シーツごと真千を抱き締める。

「ん。ちゃんと注文できたな。偉い偉い」

「それくらいは。……あのね、真千さん。メールに、父さんからメッセージが入ってた」

「そうか」

「俺に謝ってた。真千さんと末永く幸せに、だってさ。あと、こっちにいる間に一度ちゃんと話がしたいって」

「それは俺も、そう思ってた。ちゃんと話をして、形と正式な付き合いをしたい」

真千は体を起こし、形の頭を優しく撫でる。

「耳、出ちゃうよー」

甘ったれた声で笑う形に、真千もつられて笑った。

「出せ。可愛いんだから」

そう言ってやると、ぴょこんと、オオカミ耳と尻尾が現れる。可愛い。最高に可愛い。

「群れは作れないけど一生添い遂げるって言わないと」

「……そんなの心配してたの？　真千さん」

「だって俺たちは雄と男だし」

エミリアの発言から妊娠できるらしいのは分かったが、実際どんな風に子供を授かるのか未知の領域だ。

「真千さんが俺の子を産んでくれたら嬉しいけど、俺は嫉妬深いから……」

「ん？」

「真千さんは一生俺だけ好きでいてくれればいいから。子供はどっちでもいいよ。真千さんの愛を俺だけのものにしたい。それでいこう。ね？　それでいいよね？」

真顔で言うことかそれ。

真千は、「お前がそれでいいなら」と言って心の中でこっそり突っ込みを入れた。

そんなことよりも、「正式にお付き合いすることにした」と発表するために、両家の顔合わせをしなければならない。

付き合いの長い何森家と滝沢家では「今更」な気もするが、これも人生の一区切りと、真千はハッキリさせたかった。

滝沢家の一番広いアトリエに、リビングから運んだダイニングテーブルを置き、白い布で覆う。

形が生花店で淡い色の薔薇を買ってきて、それを可愛らしくアレンジしてテーブルを飾る。

壁は、形が描いた絵で飾られた。

本来はどこか場所を借りて顔合わせをするものなのだろうが、形が「ここが一番俺たちらしいと思う」と言って、実家のアトリエで行うことになった。

「こんにちは」と言いながらやってきたのは聡介で、右手にケーキ、左手にはエミリアがくっついていた。

「離れたくないって言ったから連れて来ちゃった」

照れる聡介の横で、エミリアはにこにこと幸せそうに微笑んでいる。初めて形と出会ったときの、大人ぶった表情はどこにもない。

「むしろ嬉しい。二人揃って、俺たちの証人になってくれ」

形は続けて「お前がエミリアとなあ……」と感慨深げに呟いた。

「俺もびっくりだよ」

「でも、まあ、お前が幸せならそれでいいや」

すると聡介は、エミリアと同じ顔で笑う。形もつられて「俺たちも幸せだから」と笑う。

玄関先でニヤニヤしている三人に、真千は「そこで何やってんだ。寒いから中に入ってこい」と大声を出す。

そこに、何森夫妻が「こんにちは」と笑顔で現れた。


テーブルを挟んだ向かいに何森夫妻と聡介&エミリア、こっちに真隆と真千、そして形が腰を下ろす。

温かな紅茶ポットとティーカップ、聡介が持ってきてくれたケーキが薔薇のアレンジとともにテーブルを彩った。

「今日は私たちのために集まっていただき、ありがとうございます。滝沢真千と何森形は、生涯を通してのパートナーとなりましたことを、ここにお知らせします」

みんなの顔を見て一礼したかと思ったら、形がいきなり本題を告げ、すっきりした表情を見せた。とにかく、みんなに自分たちの関係を知らせたかったのだろう。

「いきなりで事後承諾ですみません。けれど、俺は最後まで形の傍にいます」

真千は何森夫妻を見て、宣言した。

文句の一つぐらいは出るかも、と思っていた。

「……素敵。素敵だわ……真千君。育てた形をお婿さんにするなんて、世の中、こんなこともあるのね。素敵だわ」

「俺も嫌いじゃない。むしろ、ロマンだ」

なのにこの夫妻は、諸手を上げて喜ぶ。

「あの、おじさんおばさん。それでいいんですか？」

真千が思わず心配になって聞いてしまうほどだ。

「いいに決まってるじゃないの！　形の番の相手が真千君なら安心だわ。心から安心だわ。生涯、この子をよろしくね？　少しばかり変わっているけれど、とてもいい子なの」

「私たちが結婚相手を決めなくても、形には昔から決まった人がいたってことだ。なんの問題もない。まだまだ甘ったれだが、形を頼むよ真千君」

少し変わってるのも、甘ったれなのもとうに知っている。全部ひっくるめて形が好きだ。

真千は堂々とした笑顔で「はい。任されました」と言った。

「……おじさん、俺は真千さんに一生甘やかされるし甘やかす予定だけど、それでいいよね？」

形は真顔で真隆に言い、真隆は「お互い様でいいじゃないか」と頷く。

「おめでとう形」

「おめでとう形君。私たちの結婚式にはお二人揃って来てくださいね。そして、子供は五人ほど作る予定なので、名付け親になってもらうのもいいかも！　ね？　聡介さん」

エミリアは真っ赤な顔で言うと、「私ったら」と言いながら聡介の肩をバシバシ叩いている。獣之人の力に耐えている聡介は偉いと、真千は思った。

「今日の主役は俺たちだからな、エミリア？　真千さんは最高に可愛くて、料理も上手くて最高の奥さんで、俺を甘やかしてくれる最高の人だ！　こんな最高の真千さんと番になれて、俺は最高の幸せ者です。ほんと、大好き！」

形の大声は主張と自慢の合体で、真千は顔を赤くしながら「分かったから！」と怒鳴り返すしかない。

「だって、これは大事なことだから！」

「その耳と尻尾をしまってから言え！」

両親と親友、その彼女の前でオオカミ耳とフサフサ尻尾を露にした形に、真千は「まだ躾け足りなかったのか？」とため息をついた。

するとオオカミの獣之人たちが一斉に耳と尻尾を露にする。

真隆は「凄いな！」と喜び、聡介は無言で頬を染めた。

「これは、なかなか……いい光景」

こんなにオオカミ耳と尻尾がいっぱいだなんて！

真千は「はわわ」と狼狽えながら、「俺の一番はこれです」と、形の頭を抱きかかえる。

「あら、私たちのほうがフサフサなのに、形が一番なのね」

「オオカミは番の相手に一途だから」

何森夫妻の言葉に、真千は何度も頷く。

一途だとも。今まで大事に大事に育ててきた子犬が、立派なオオカミとなって、しかも自分のものになった。

満足しかない。

「真千さん可愛い。凄く可愛い。大好きだよ」

形に力任せに抱き締められても、今だけは「苦しい」と怒らずに我慢した。

「本当に、将来が楽しみな新婚さんね。ところで、新婚旅行はどうするの？　一生の思い出になる場所へ行ってね？　私たちのときは……」

「母さん、ストップ。もう聞き飽きた」

形がうんざりした顔を見せる横で、真千は「そうか、新婚旅行！」と膝を打つ。

「え？　真千さん、俺と新婚旅行に行ってくれるの？　俺まだ学生だし、卒業してからって思ってたんだけど……」

「卒業旅行は卒業旅行で聡介と行ってこい。俺たちの旅行は夏休みはどうだ？　俺は有給を足せば結構長く休みを取れるぞ？」

「真千さん……っ！　愛してる！　俺は真千さんと一緒ならどんな辺鄙(へんぴ)な場所でも嬉しいし、きっといい思い出になる！」

形が勢いよく真千に抱きつき、「俺は世界一幸せ」と何度も言った。

「ヨーロッパに行ってらっしゃい！　仲間が大勢いるから、一度会ってくるのもいいんじゃない？　ねえあなた」

「そうだね。これからのことを考えたら、連絡先を交換しておくといいだろう。子供が生まれた場合は、いろいろアドバイスをしてくれると思う。人間と番になった獣之人の、同性のカップルもいるからね」

はしゃぎながら提案する何森夫妻に、真千が瞬きをする。

そうなのだ。今すぐというわけではないが、いずれは形と子供をどうするか話をすることになる。

人間と獣之人の同性カップルの話はいくらでも聞きたい。

「是非とも話を聞きたいです。……というわけで形、旅行先はヨーロッパだ」

「いいよそれで。二人でロマンティックな日々を過ごそうね。ハネムーンベビーが出来ちゃうかもー」

すると真隆が「同性でも子供が出来るとは、獣之人は凄いな！」と感心し「おじいちゃんか」と未来に思いを馳せる。

「ハネムーンベビーか……」

そんなにすぐ授かるとは思っていないが、近い将来実現しそうな予感はする。

形によく似た子供と、自分によく似た子供が、大きな耳と尻尾を揺らしながらはしゃいでいる。なんて幸せな光景だろう。

聡介とエミリアの子供が生まれたら、きっと仲のいい友人になる。

「まあ、なるようになるか」

形のしたいようにすればいい。それがきっと、自分の幸せにもなるのだ。

真千はそんな事を思いながら、自分にしがみついたままの形の額にキスをして「愛してるぞ」と言った。

あとがき

初めまして、高月まつりです。

趣味が大爆発したケモ耳とモフモフ尻尾の話を書かせていただきました。とても楽しかったです。尻尾が動く描写は特に楽しかった……！

そしてもう一つの私の大好きな「年下攻め」もてんこ盛りしました。

年下攻めが好きで、攻めを甘やかす年上受けも好きなのでこうなりました。

特に、受けの真千さんが「いかに形が可愛いか」を延々と語るシーンは書きながらニヤニヤが止まらなくなるほど楽しかったです。


このお話で「獣之人」という種族を出したわけですが、獣之人は世界中に散らばっていています。純血種は少なくて、人間との間に生まれたミックスたちもそんなに多くはありませんが、元気に生きています。

獣之人は、オオカミだけでなくいろんなタイプが存在します。

私的に、パンダの獣之人とか可愛くていいなと思ってます。あ、どうせなら本作に出しておけばよかった（笑）。

あと、トラとか豹とか、ネコ科の獣之人もいいんじゃないかと。


真千はきっといつか形の子供を産んで、最終的には幸せな一生を送るんだと思います。できれば四、五人ぐらい産んでほしいなと。

「真千さんがいてくれればそれでいい」と言っていた形のために、真千さんが頑張るというか、意外と二人の相性がよくて、次から次へと子供を授かってしまうというか。

気がついたら二人は、群れを作っていたというか。そんな感じで、騒がしくて幸せな日々を送るんだと思います。

ワニの荒柴（あらしば）さんは、本当に気の毒と言うことで（笑）。

彼は彼で、きっと数年後にはハ虫類のパートナーを見つけることができると思います。

聡介（そうすけ）君は逆玉の輿のような状態ですが、獣之人は形で慣れているからエミリアや彼女の親族とも上手くやっていけるはず。そしていつか、形たちと家族ぐるみの付き合いが発生しそうです。

イラストを描いてくださった八千代ハルさん、本当にありがとうございました。ショタ形が本当に可愛くて可愛くて、可愛いと言いながら泣きました。マジで。成長したらしたらでカッコ可愛いし。尻尾はセクシーだし、真千は真千で格好いいし可愛いし。本当にありがとうございました！

それでは、またお会いできれば幸いです。

Splush文庫

この本を読んでのご意見・ご感想をお待ちしております。

◆ あて先 ◆

〒101-0051
東京都千代田区神田神保町2-4-7 久月神田ビル7階
㈱イースト・プレス　Splush文庫編集部
髙月まつり先生／八千代ハル先生

もふ♥らぶ
～うちのオオカミは待(ま)てができない～

2019年1月29日　第1刷発行

著　　者	髙月(こうづき)まつり
イラスト	八千代(やちよ)ハル
装　　丁	川谷デザイン
編　　集	河内諭佳
発 行 人	安本千恵子
発 行 所	株式会社イースト・プレス 〒101-0051 東京都千代田区神田神保町2-4-7 久月神田ビル TEL 03-5213-4700　　FAX 03-5213-4701
印 刷 所	中央精版印刷株式会社

ISBN 978-4-7816-8619-6
定価はカバーに表示してあります。